「結婚を前提としたお付き合いを
考えてほしいです。
……ずっと一緒にいましょう」
「……は、い」

ルビナ・ローゼン
ローゼン子爵家令嬢
控えめだがまっすぐな性格
ないがしろにする前婚約者と
婚約破棄し、ジェイと
想いを育て合う
ジェイ・ハドソン
ハドソン侯爵家の三男
他国に留学した経験を
活かし店を経営している
ルビナのことを溺愛しており、
ついに交際を申し込み…!?

レオナルド
隣国の元王子
ジェイとは留学時代の
友人で現在も交流がある
ジェイとルビナを自身の
結婚式に招待する
ジュリアンヌ
ジェイの兄の妻
侯爵家嫡男・マルクと
次男・アーサー二人の母
華やかで品のある美貌の婦人
マルク
ジェイの甥
アーサーの兄でハドソン侯爵家嫡男
嫡男として育った影響で
大人びた性格をしている
アーサー
ジェイの甥
マルクの弟であどけない性格
兄とは違ってまだまだ子どもらしい

「甘い香りがしますね」
「上品な香りだ」

2
さこの
ill. ウラシマ
忠誠心がないと言われたので婚約を解消してあげました。

contents

第一章

ジェイ様のおうち

「わぁ……」

ここは白亜のお城？　上品で外国風？　門をくぐって馬車を降り建物全体を見上げました。言葉がうまく出てきませんでした。ここはどこかというと……。

「レオナルドがルビナ嬢を勝手に招待したと聞いて驚きました……。どうぞこちらへ」

デュランド伯爵家に到着すると、申し訳なさそうにジェイ様が出迎えてくれました。

「お邪魔します。良かったらこれを。母が持たせてくれました」

お母様の実家で作っているワインとチーズです。ここ何年かで一番できがいいワインだと聞きました。

「レオがいるから気をつかって下さったのでしょう。申し訳ないことをしました。あとで子爵家にはレオからお礼を届けさせます」

「いえ。これはいつもお世話になっている気持ちだと言っていましたので、お気になさらずに」

ジェイ様に挨拶をしていたらレオ様が現れました。

「ルビナちゃんようこそ。ここには初めて来たのか？」

「レオ様。こんにちは。お言葉に甘えてお邪魔いたしました」

スカートの裾を持ちました。

「かたい挨拶は抜きにしよう。ジェイの友人として気軽に接してほしい」

……無理です。と言いたいところでしたが、なんとか微笑みました。うまく笑顔を作れているでしょうか。

「ルビナちゃんが来るからジェイが張り切ってお茶の準備をしていた、ぐえっ。痛いなっ」

ジェイ様がレオ様の脇腹を小突いていました。

「余計なことを……。でもあながち間違いではないのです……。庭を見渡せるサロンがあるのでご案内しますね」

「ジェイ、ちゃんとエスコートができるんだな」

「外野がうるさいですがお気になさらずに。さぁ、どうぞ」

ジェイ様とレオ様は本当に仲がいいようです。タイルが埋め込んである廊下が可愛らしいです。

「変わった様式ですね。ジェイ様はこのお城が気に入ったと言っておりましたね」

「覚えていてくださったのですね。広さはさほどありませんが、とても気に入っています」

うちの王都の邸より大きいですよ？　これで広くないとなると、ご実家は一体どれほどの大きさなのでしょうか……。想像がつきません。

「ちょうどいい大きさだよな。眺めもいいし」

これはお金持ちの会話ですよね。元王子に侯爵令息です……。

「どうかしましたか？　こちらにどうぞ」

「あ、ハイ」

……一面ガラス張り！　大きなガラスが贅沢に使用されています！

「すごいですよね。当時の最先端だと思います。最近はサロンがガラス張りというのは珍しくありませんが、この城の持ち主だったデュランド元伯爵はとても進んだ考えをお持ちだったと思います。建物建設に造詣が深い方と聞いています」

「ステンドグラスがはめ込んであるエントランスも見事だよなぁ」

ステンドグラスは教会でしか見たことありませんでしたが、白壁に当たると幻想的でずっと眺めていたくなるほどです。そしてお庭に目がいきました。

「お庭にはハーブが多いようですね」

私も馴染みがあるハーブのほかにも、植物図鑑でしか見たことのない珍しいハーブもあるようです。

「シェフが庭のハーブを使って料理やお茶を作っています。今日は少し風があるので閉めてありますが、春先はとても過ごしやすいので、よろしければまたお越しください」

「ハイ」

「また約束ができました。さて、お茶が冷めてしまいますね。こちらへどうぞ」

ジェイ様のペースです。レオ様は笑顔でその様子を見ていました。なんとなく恥ずかしくなりおとなしく席に着きお茶を楽しみました。

変わったお茶だけど美味しい。聞くとレオ様がお土産に持ってきたお茶だと聞きました。これはロイヤルなお茶なのかもしれません。味わいましょう。

レオ様が私をジェイ様の屋敷に招待した理由を聞くと、ジェイ様との学生時代の話を聞かせてくれるようで、懐かしそうに話をしてくれました。

「ジェイは細いからな、よく仲間にいじられていたよ。でも本人はまったく気にしてなくて、この国に来て驚いた。ジェイは鍛えているほうだって。子息たちを見るとうちの国じゃ虚弱体質だ」

え？　そんなに？

「それは言いすぎだ。私より細い奴はゴロゴロいただろ」

そうですすよね。ジェイ様で虚弱体質？　ならばこの国の大半は骨と皮ですよね（言いすぎ）

「俺らの中では一番細かったからモテなかったけれど、ほかのグループだったらモテていたのかもな。侯爵子息だし？」

はっはっは……。と豪快に笑うレオ様。

「ないだろうな。ゴリラが人気なんだぞ」

ふふっ。ゴリラだなんて……。言いすぎですよね。楽しい会話は続きます。

「ルビナちゃん、こいつは夕方の訓練をサボって、劇団員や職人と話をしに行くような変わった奴だったよ」

「朝と昼の訓練は付き合っていただろう。一日中訓練なんて脳みそも筋肉になってしまう」

ジェイ様はレオ様と話をしているときは砕けた話し方になるので新鮮ですね。お二人の楽しい話を聞いていたら何やら扉の外が騒がしいようです。

「ん？　ちょっと失礼。なにやら騒がしいようなので確認してきます」

ジェイ様が立ち上がり扉を開ける。

「ジェイ！　レオナルド殿下に何かあったのか⁉」

「父上？　レオはそこで菓子を食べていますが？」

え？　父上？　ということはハドソン侯爵閣下？　すぐに立ち上がり礼をしました。

「おや？　お客様がいらしたのか？　これは失礼」

「ハドソン侯爵、呼び出して悪かったな。そちらの令嬢はローゼン子爵令嬢ですよ」

レオ様が侯爵様に紹介をしてくれました。

「申し遅れました。初めてお目にかかります。ローゼン子爵が娘ルビナと申します」

な、なんで……こうなったの？　戸惑いと緊張で頭が真っ白です。

「かしこまらなくていい、私はジェイの父です。先日ローゼン子爵と話をしていたんだよ。急に邪魔して悪かったね。レオナルド殿下どういうことですか？」

何かあっては国の威信に関わることですよね？　侯爵様が呼び出されるのですから。

「あぁ。ルビナちゃんと会って話ができたから近いうちに国へ帰るよ。だから侯爵に挨拶をしようと思って。ジェイには世話になったし気兼ねなく過ごせたから、これを渡しておくよ」

何かの書類を侯爵様に渡しました。仕事の話のようです。

「ありがとうございます。ぜひこの内容で進めていきたいと思います」

「うん。末長くよろしく頼む。俺の結婚式にはルビナちゃんも招待しようと思っているんだ」

……え？　私が結婚式に？　レオ様の？

「え？　私ですか？」

「うん。突然で悪いけれど来月だ。もうルビナちゃんは俺の友達だから、ジェイと来てよ」

「……あの、ロイヤルファミリーが集まるような結婚式に私の身分では失礼にあたるのでお言葉だけいただきます」

元王子ということはロイヤルファミリーの出席は間違いないです。恐れ多すぎます。

「俺の相手は伯爵家の令嬢であっちの親戚は子爵家も男爵家もいるぞ？　それに俺は側室の子だから城でパーティーもしないし、王族を抜けて気楽になった身分だ。式には陛下や母は来るがそのあとは自由にしていいと言われていて気軽なパーティーをする。ジェイが一人寂しく参加するのはかわいそうだから、一緒に来てやってよ」

気軽なパーティーと言われましても、想像がつきません。

「私の一存では決められませんので、一度家に持ち帰りたいと存じます」

勝手に決められる問題ではありません。外出するときは両親に許可を取らないといけませんし、他国ですから断るかたちになると思います。

「わかった。私が子爵を説得しよう！　ルビナ嬢安心したまえ！」

……侯爵様まで出てきたら、うちの立場では断れないのではないでしょうか？

「父上、ルビナ嬢の気持ちを聞いてからにしてください。父上まで出てきたら断れないじゃないですか」

……ハイ無理ですね。

「船に乗って一日だから近いさ。招待状渡しておくよ。うちの国にはゴリラのように屈強な奴がたくさんいるから動物園に迷い込んだ気分になれるぞ！」

……動物園。

「レオナルド！　勝手に話を進めるな！」

「おぉ。こわっ！」

ジェイ様は怒るとレオ様をレオナルドと呼ぶそうです。

その後、侯爵様とお話をしたけれど、何を話したか覚えていません。

目まぐるしい一日でした。

＊＊＊＊＊

「ルビナ、何があってこうなったか説明してくれるか？」

お兄様とお母様に呼ばれてしまいました。

簡単に説明すると、ジェイ様のお友達のレオナルド様と私もお友達になって結婚式に呼ばれた。レオナルド様は身分が高い方だから断ろうとしたら侯爵様が出てきて断れなくなった。

「簡単に説明しすぎだろ！　レオナルド殿下の挙式となると陛下も参列されるだろう。そんな席にうちのような家門が？」

「身分は関係ないようですけど……。レオ様のお相手の方は伯爵令嬢で親戚は子爵家や男爵家もいるそうですし、学園時代の友人は貴族ではない方もいるとか言っていました……。私の一存ではお答えできませんとお答えしたのです」

あ……泣きそうです。グスッ。

「……ルビナ、悪い。怒っているわけではないんだ。ただあの国へ行くには数日かかるだろう？」

……数日？　レオ様の説明とは違います。首をかしげる。

「家を出て港町で一泊、船内で一泊、道中で一泊若しくは二泊、天候によってはもっとかかるかもしれない。気候はいいから大丈夫だと思うがそんなに長い間、伯爵と旅するというのが心配なんだ……」

「え。レオ様はそんなこと言っていませんでした。近いものだとばかり……」

「途中の行程が抜けているんじゃないのか？　ドレスや小物も新調しなくてはならないし学園は

長期休暇に入るから問題ないとして」

「すみません……。知識不足でした」

しゅんと肩を落とすとお母様が言いました。

「ルビナ、そこまで言われたのなら行くしかないわ。リリにも行ってもらいますから、楽しんできなさい」

「お母様、すみません」

お父様にはお母様から連絡をするようで、ジェイ様には行きます。と手紙を書いたし、レオ様にも招待を受けます。と返事をしました。

するとジェイ様から〝いつでもいいので学園が終わりましたら、私の店に来てください〟と手紙が届き〝それでは二日後に〟と返事をしました。指定した日は学園が早く終わるからでした。

そして学園の帰りに制服のままジェイ様のお店に行きました。

「こんにちは」

「こんにちは。急にお呼びたてをしてすみませんでした。時間がなかったものですからお許しください」

……今日じゃない方が良かったのかな？

「日を改めましょうか？」

「いえ！　そうではなく来月までにドレスを仕上げないと……。今日はデザイナーを呼んでいますので、採寸をしてもらいます」

ジェイ様がなぜドレスの心配を？

「ドレスは家で用意しようと思います」

お兄様が新しいドレスを作っていいって言ってくれましたもの。

「そういうわけにはいきません。パートナーとして参加してくださるのですから私が用意します。夫人にも手紙を送りましたから、遠慮なさらずにどうぞこちらへ」

店の奥に連れて行かれました。こんなところにも部屋があるのですね。デザイナーさんたちが準備をしていました。

「まずは採寸からはじめましょう。それからデザインを決め、生地を選びましょう。男性は出て行ってください」

ジェイ様は追い出されるように部屋を出て行きパタンっと扉が閉まる音がした。

「さぁ制服をお脱ぎくださいな」

……気が付くと制服を脱がされて体のあちこちを採寸されました。それはあっという間の出来事で、制服に着替えた頃、ジェイ様が戻ってきてお茶を飲みながらデザインを考えることになりました。国によってNG項目があるようなので詳しいジェイ様の話を聞くことにしました。

「ドレスの一部分にイエローを使ってください。おめでたいことには国花に指定されている黄色い花を飾る習慣があって、イエローはこうした席でよく使われる色です」

ジェイ様もチーフやタイをイエローにして、スーツの色はシルバーを選びました。それなら私のドレスの色もシルバーにしたらどうかとデザイナーさんが言ってシルバーに決定。デザインはお任せになりました。というのも三点ほど書いて見せてくれて、どれも素敵で私には決められませんでした。

「それでは急いで作りますので一週間後に仮縫いのサイズ確認をさせてください」

ジェイ様とデザイナーさんの話し合いでドレスは決まったみたいです。それにしても一週間後？　仕事が早いですね。

＊＊＊＊＊

「明日から長期休暇ですね。ルビナさん楽しんできてくださいね！」

長期休暇の話になったのでソフィアさんたちにはジェイ様と結婚式に参列すると伝えました。

「はい。初めて国外に出るので緊張しています」

「帰って来たらお話を聞かせてくださいね。ご家族公認の旅行ですものね」

「旅行？　ではありませんが、お土産を買ってきますね。キャンディが有名なお店があるそうです」

「きゃぁっ、甘ーいお話聞かせてくださいね」

きゃっ、きゃっ。と盛り上がるソフィア様たち。甘ーいお話？　ってキャンディ……？

ドレスは仕上がったし、荷造りはリリが張り切っていたし、もう用意することはありません。

家に帰ってきたらお父様が領地から戻っていました。最近は行ったり来たり大変そうです。

「お父様おかえりなさいませ」

「ルビナもおかえり。私はまた領地へ戻るつもりだが、一度ルビナの顔を見てからと思ってな。ジェイ殿とさっき会って話をしてきた、気をつけて行くんだぞ。足りないものはないか？」

お父様はお忙しいのに心配をかけてしまいました。

「はい。リリが準備してくれましたし、足りないものがあれば途中で購入しようと思います」

初めて領地以外への遠出なのでリリが張り切って準備してくれました。

「ジェイ殿の言うことをちゃんと聞いて危ないところへは行ってはいけない、一人になってはダメだ。小遣いは足りるか？　多めに持って行って損はないぞ」

他国で恥を晒すわけにはいけませんものね。迷子になっても困りますし。お小遣い？　という金額ではないお金をお父様から渡されました。リリに預かってもらいましょう。

「はい。無事に帰ってきます」

「何があっても私はもう驚かないからな。ルビナは楽しんできなさい」

「？　はい。ありがとうございます」

最近ジェイ様の生活は変わってきていました。正式にデュランド伯爵を受け継ぐことになってジェイ様はハドソン卿と呼ばれることはなくなったのです。私の家族もいつの間にかジェイ様を名前で呼んでいました。

～ルビナ父視点～

レオナルド殿下にハドソン侯爵閣下が出てこられてはうちから断るなんてできない……。ハドソン侯爵閣下に至っては。

「これも何かの縁です。酒でも飲みましょう」

などと誘われルークも呼ばれてしまった。植物園の記念セレモニーから何かとバタバタしはじめた。ルビナは自分の気持ちに気が付いているのかわからないが、ジェイ殿と出かけることを躊躇していないし、楽しそうにしているようだ。

「婚約をするならしてくれ……」

胃に穴が空きそうだ。のんびりしていたらほかの令嬢に取られてしまうぞ……。

領地がないとはいえ、実業家で侯爵家がバックに付いていて他国にも伝手がある。植物園を開放して市民にも人気のジェイ殿だ。

「婚約まではいかないかもしれないけれど、いくらルビナでもジェイ様を好きになっていることに嫌でも気が付くでしょう。デートに行ったときもいい感じだったらしいですよ」

妻はお茶を飲みながら言った。

「呑気に茶なんて飲んで、ルビナが心配じゃないのか？」

「ルビナの気持ちに任せると決めたのだから、私たちが何を言っても仕方がないでしょう？」

「……そうだが、こういうときに男親ってどうすればいいのかわからないものだな」

「娘を信じて、ドンっと構えておけばいいのですわ」

……ルビナのことは信用している。我が娘ながら真面目で可愛く謙虚で努力家で最近は明るくなった。元々暗い性格ではないがおとなしすぎるところがあった。相手に不足はないのだがちょっとは何か（悪いところ）ないのか……？　ないんだよな。反対する理由がない。

そしてとうとう旅立つ日が来てしまった。

「お父様、お母様、お兄様。行ってきます」

順番にルビナの頬にキスをして別れを告げた。二十日ほどで帰ってくる予定。

「ローゼン子爵家のみなさん、ルビナ嬢は私にお任せください。しっかりお守りいたします」

「ジェイ殿、頼みますよ。ルビナ、ジェイ殿の言うことをしっかり聞いて迷子にならないように。

リリも頼むぞ」

リリには特別手当を出すから、旅行中の様子を教えてくれ。と頼んである。ルビナに限ってそんなことはあり得ないが何かあったら頼むぞ！　と言うと
「お任せください！　ルビナ様の貞操は私がお守りします！」と返ってきた。

それはない。ジェイ殿もこの旅行でルビナに手を出すことはないと言い切れる……。そんな風に思えるほど信頼してしまっている。粗探しをするのがバカバカしく思えるほどに。

「はい。ジェイ様とはぐれないようにします。国外で迷子になったら迷惑がかかりますもの」

そう言ってルビナは出掛けて行った。あんなドレスを持っていたか？　え？　新調した？　それはいいが趣味が変わったか？　え？　生地をジェイ殿にプレゼントされた？　そ、そうか……似合っていた。デザイナーが変わった？　そうなのか。センスがいいんだな。お前もドレスを作った？　あぁ、いいんじゃないか！　新しいドレスが欲しいと言っていたからな……え？　ジェイ殿に紹介されたデザイナーだったのか。いろいろ考えるのが面倒になってきた。金があって顔が広くて何よりだ……。あれは貢ぐタイプだな。

＊＊＊＊＊

「わぁ。鳥があんなにたくさん……」

「近寄ってはダメですよ。感染症を持っているかもしれませんので眺めるだけにしてくださいね」

船に乗るために港へと来ました。昨日の夕方に港町に着いてホテルで一泊して、今から船に乗ります！

「はい。見ているだけで十分です。たくさんいすぎて少し怖いですね」

必死に魚をつつく鳥たちがあんなに凶暴に見えるとは思いませんでした。それに大きな鳥もいて近寄ると突かれそうです。足が長くて嘴もするどくて大きい……。うわぁ、怖いかも。

「鳥も生きていかなくてはいけませんから必死でしょうね。そろそろ船内に移動しましょうか。揺れますので私の腕に掴まってくださいね」

そっと腕を出されました。見るからに板が揺れそうなので遠慮なく腕を借りました。

「船内はとても広いのですね……。わぁ。水面がキラキラと反射して眩しいです」

見るものすべてが新鮮に映ります。潮の香りを初めて感じることができました。海の上にいるなんて不思議です！　そしてどんどん港から遠ざかっていきます。

「風が冷たくなってきましたね。一度中に入りましょうか？」

たしかに頬に触れる風は冷たいけれど、気持ちがいいのになぁ……。っくしゅ。

「体が冷えてしまいますよ、お茶を飲んで暖かい格好をしてからまた船内を見学しましょう」

「はい。そうですね。楽しくてつい」

甲板には数人の人がいて、みんな港から離れて行く様子を見ていました。ジェイ様に指摘されたとおり少し体が冷えていたようで、出されたココアが体に染み渡るようにじんわりと温かく感じました。

「部屋はどうでしたか？　狭くありませんでしたか？」

リリと二人部屋を用意してくれていたのだけど、不自由は感じませんでした。

「はい。過ごしやすそうな部屋をとっていただいてありがとうございます」

「何か足りないものがあったら遠慮なくおっしゃってください。それと船内を一人で歩き回るのは遠慮していただきたいのでお願いします。扉の外に護衛がいますので何かあれば伝えてください」

護衛まで？　単なる子爵家の娘に恐れ多いです。

「そこまでしていただかなくとも、一人で歩き回るようなことはしませんよ」

「ここは貴族が宿泊するスペースなのですが、船内には悪意を持って近寄って来る人がいるかもしれません。窮屈に感じてしまったのなら申し訳ありません」

「そんな、窮屈だなんて！」

お父様に頼まれたとはいえ、ジェイ様は私に気をつかいすぎだと思います。そしてここから本格的に至れり尽くせりの旅の始まりでした。

暖かい格好をしてジェイ様と船内を散策しました。レストランで食事をして、部屋に戻り入浴後はリリとおしゃべりをしていたら疲れのせいかすぐに眠ってしまいました。船酔いという言葉があるようなのですが私には当てはまらなかったようです。

朝食はジェイ様に誘われてレストランに行きました。見たことのないフルーツがたくさん並んでいて朝から贅沢な時間でした。

そして港に到着して初めての国外！　トンっと軽やかに降りたらジェイ様は笑いを堪《こら》えるよう

に私を見ていました。子どもっぽかったですね……浮かれてしまいました。

「下船後は馬車で移動してホテルで一泊となります。宿泊先のホテル周辺は賑やかなので、良かったら散策しませんか？」

「はいっ」

馬車の移動も他国となると景色が違いとても楽しいです。

「この辺りは治安がいいので少し窓を開けましょうか？」

きちんと舗装されていて砂埃が入ってきません。沿道を歩く人が笑顔なのはいい国なんだろうなって思いました。

休憩をはさんで半日ほど馬車で走り、宿泊するホテルへと着きました。行程は順調なようです！馬を休ませるためにもここで一泊するということなので、荷物をホテルに置いてからジェイ様とお出掛けです。

「人が多いので離れないでくださいね」

「はい」

……わぁ。男の人が皆大きい……。レオ様も大きかったのだけどみなさん本当に大きい。これだけ大きな人が多いと自分が小さくなったような感じがします。

「どうかしましたか？」

「あ、えっと……。みなさんとても大きくて驚きました」

「ふふっ……。そうなんですよ。この国の男たちは身体を鍛えて大きくないとモテませんから、それは必死ですよ」

ジェイ様は？　モテたくなかったのかな？

「ジェイ様は……」

男の人の身体はよくわからない。ジェイ様は騎士科の生徒たちに引けを取らないと思うのだけど……？　細身だけど鍛えられたジェイ様を想像をしていると恥ずかしくなりました！

「恥ずかしい話ですがまったくでしたよ。レオのように鍛えられた筋肉はすごいと思いますが、引き締まったしなやかな筋肉の方が……。っと、筋肉の話はやめましょう。確かこの通りに。あっ、間に合いましたね」

「わぁ。露店ですか？」

「女性が好みそうな小物を販売しています。首都からも買い求めに来るそうですよ」

ビーズを使った小物が並べてあって種類も豊富で丁寧に作られているのがわかりました。

「わぁ、この髪飾り可愛い」

ソフィアさんたちのお土産にしようかな。でも来たばかりで買うのは早いかな……。まだいいものがあるかもしれません。どうしよう。悩んでしまいます。

「この辺りはビーズのアクセサリーを作っている女性が多くいるのですよ。迷っているのなら購入をおすすめします」

「そうなんですね！　お友達のお土産に購入したいと思います」

ブルーのイメージはソフィアさん。ピンクはデボラさん。オレンジはレイチェルさん。かな。私の分はグリーンにしよう！　悩みながら人数分を購入しました。通貨が共通だからわかる。とってもいい買い物でした。それは家を出てから初めて使ったお金でした。

その後も街を散策して日が暮れる前でした。ちょっと疲れてきたかも。

「良かったら本日は屋台で食事をしませんか？　お疲れでしたらホテルに帰ってゆっくり食事を、」

え？　屋台で⁉

「はいっ、屋台での食事がいいです」

ジェイ様は嬉しそうに笑って「そうしましょう」と言ってくれました。

香辛料をたっぷり使って味付けした魚に、少し味の濃い焦げ目がついたお肉、油で揚げてあるポテトなど普段は食べられない物を堪能しました。少し辛かったり味の濃いものがあったけれど屋台で食べる食事は特別です。疲れが飛んでいきました。

「お口に合いましたか？」

「初めて食べるものばかりでしたが、美味しかったです」

「満足してもらえて良かったです。明日の出発は早いのでそろそろホテルに戻りましょうか？　お疲れのところ連れ回してしまい申し訳ありません」

「気をつかっていただいてありがとうございます。とても楽しかったです」

私が屋台を興味深く見ていたことがバレているようでした。屋台で食事をするとなると護衛の方も大変だったでしょう……。

「いいえ。とんでもありません。喜んでもらえて良かったです。それに私も楽しく過ごすことができました。後はゆっくり休んでください」

……ジェイ様は本当に優しい方だわ。今日も楽しかった……。屋台での食事も買い物も！

部屋に戻ってリリとおしゃべりをして眠りにつきました。


～ジェイ視点～


『わぁ。露店ですか？』

ここは観光客から人気のエリアで女性たちが活躍する街。港から首都へ行くまでに通る街で、いつもはもうひとつ先の街で宿泊をするが、ルビナ嬢が好きそうだと思いこの街に宿を取った。

『わぁ、この髪飾りも可愛いです』

喜んでくれているな。種類も豊富で目移りしているのだろう。購入を迷っているように思えた。

『この辺りはビーズのアクセサリーを作っている女性が多くいるのですよ。迷っているのなら購入をおすすめします』

『そうなんですね！　友達のお土産に購入したいと思います』

友達への土産か……。それならルビナ嬢が自分で買った方がいいだろう。ルビナ嬢に支払いをさせたくないが、高い買い物ではないし私が友人の分を支払おうとすると拒否されそうだ。ここは黙っておこう。

目移りをしていたようだが、髪飾りを選んでご機嫌な様子だ。ビーズ産業が進んでいるから土産にはちょうどいいと思うし女性ならではの繊細な作りが人気だ。見た目にも華やかできれいだった。せっかくだからこの街の雰囲気を味わってもらいたいなぁ。夕暮れ間近だった。

『今日は屋台で食事をしませんか？　お疲れでしたらホテルに帰ってゆっくり食事を、』

『はいっ、屋台の食事がいいです』

貴族の令嬢は屋台での食事を躊躇するかと思ったけれど、ルビナ嬢は興味があるようで店を見ていた。この街の屋台は有名で貴族も首都からお忍びで訪れるほど人気がある。学生時代は屋台で食べたことがあった。美味い店もあればそうではない店もあるがそれを見つけるのは楽しみのひとつだった。屋台で買ったものをまずは護衛が味見をしていた。ルビナ嬢の身に何かあっては困るし、露天での食事は外れもある。

香辛料たっぷりの魚に、少し味の濃い焦げ目がついた肉、油で揚げてあるポテトなど。少し辛かったり味付けが濃いものもある。

馴染みのない香辛料に驚いたのかルビナ嬢は侍従が買ってきた飲み物をこくこくと飲んでい

た。首都の屋台では甘いものも売っていて令嬢たちに人気だったよな？　首都に着いたらそこへも行こう。

　それにしても大きな男たちが相変わらず多いな……。ルビナ嬢は驚いていた。男が飾るものは筋肉でいいというような国。何かあったらすぐにシャツを脱ぎ「力比べだ！」と言って力比べをしていた。脱がないとすぐシャツが破けるから。令嬢たちも嬉しそうにその様子を見ていた。学生のノリのようなものだったけれど、あの頃は若かったなぁ。

　いよいよ明日は首都へと到着する。レオナルドの結婚式には学生時代の友人がたくさん来るだろう。ルビナ嬢は大丈夫だろうか……。あいつらも大人だから変なことはしないだろう。

　ホテルで一泊して首都へと向かう。天候に恵まれていたから道も良く、思っていたより早く首都へと着いた。学生時代の友人が〝俺の家に滞在しろよ〟と言ってくれたが、他国で貴族の家なんてルビナ嬢を疲れさせるだけだ。私たちはホテルで滞在する。と言うとレオナルドが手配をしてくれた。首都の中でも一、二を争う高級ホテルで教会もパーティー会場からも近いし立地条件は最高だった。結婚式は二日後だからそれまではのんびりと過ごそう。

第二章

何かありそうな予感

「この劇場によく来ていました。そのときに劇団員と知り合いました」

劇団は人気になっていて各国を回っているのだそうです。そしてジェイ様に連れて行ってもらったのが懐かしくなりつつあります。最近のことなのに不思議です。

「ジェイ様は学生時代からここに通っていたのですね？」

「はい。レオの言うとおり午後の訓練をサボってここに来ていました。と言っても訓練は自主練でしたけどね」

今日はバレエを観に来ました。興味があると言っていたのをジェイ様が覚えていてくれて、滞在中に観に来られるようにチケットを取ってくれたようです。

「美しかったです。ジェイ様本当にありがとうございます。いい思い出になりました」

また来たいな……。

「喜んでもらえたようで何よりです。どうしましょう、まだ少し時間があるので歩きましょうか？」

暗くなってきているけれど街灯が明るくてたくさんの人が歩いていました。

「はい。夜風にあたるのは気持ちがいいですね」

バレエを観た興奮が冷めていなかったので、涼みながら歩くのはいいですね。暗くなってから外を歩くなんてありませんし、悪いことをしているようでどきどきしてしまいます。お母様が聞いたら驚くかもしれませんが帰ったらお話ししてみましょう。

「ホテルまでは歩いて十分ほどですが、先に食事をしましょう。川を渡った先にレストランがあります」

行きは馬車で来たので、風景をゆっくり見ることがありませんでした。歩いてのんびりと周りを見るのもいいですね。橋を渡るために川面《かわも》を見ると……。

「わぁ。川が光っています！　ジェイ様、あれはなんですか？」

青白い光が幻想的で美しい。きれい……。

「あれはこの地方にしかいない虫なんですよ。この時期になるとたくさん集まってきます」

「虫ですか！　美しい光を見せてくれてありがとうございます。いい思い出になりました」

こんなにきれいな虫がいるなんて知りませんでした！

「ははは。虫にお礼を言う人を初めて見ましたよ。令嬢に虫と言うと嫌がるかと思っていました」

ジェイ様が笑っていました。

「でもたしかにきれいですよね。この景色をルビナ嬢と見られて良かったです」

「私もです。この国に来てから楽しいことばかりです。見たことのないものに触れて、体験して。

全てジェイ様のおかげです」

「満足して頂けたようで安心しました。ところで明日はピクニックに行きませんか？」

「ピクニックですか？」

「街で買い物をして、首都を見渡せる丘の上でのんびりしませんか？」

「いいのですか？　お友達に会いに行かなくて。お仕事関係の方とか」

学生時代の友人に会いたいですよね？　毎日私に付き合ってくれて申し訳ないですもの。

「あぁ、友人たちとは結婚式で会うので問題ありませんよ。案内させてください」

ジェイ様がいつものとおり笑ってくれるのだけど、月明かりに照らされてすごく……。

そのあとに行ったレストランは新鮮なシーフードをふんだんに使った料理で美味しくいただきました。食後のお茶はテラスで出してくれて、ガーデンはライトアップされていてきれいすぎて夢心地でした。ジェイ様は人を喜ばせる天才だわ……。夢なら覚めてほしくないなぁ。と思うほどふわふわした気持ちでした。


～ジェイ視点～


「明日は結婚式があるので、早めに帰って体を休ませましょう」

ピクニックではランチを楽しみ帰りは遅くならないようにしよう。レディには準備があるのだから遅くまで連れ回すことはできないと思った。

「はい。明日も晴れるといいですね」

「そうですね。このまま晴天が続いてくれればいいですね」

そんな話をしながら首都の街を歩いていた。予約していたサンドイッチや簡単につまめそうなオードブルを受け取り、街で人気がある屋台の前に着いた。

「この屋台からは甘い香りがします」

興味ありげに屋台を見るルビナ嬢。

「先日屋台での食事が楽しいと言っていましたので、気になるものがあったら購入しましょう。持ち帰りもできます」

ここでは気軽に街歩きしながら食べられるクレープが人気だ。貴族の子女は食べ歩くことに抵抗があるのか、持ち帰って楽しんでいるようだ。元々屋台は気軽に食べられるように販売しているのだが、それを買って家で家族とゆっくり食べるのも流行っている。

「わぁ。いい香りです、美味しそうですね」

「いま侍従が並んでいるので、私たちはドーナツを選びましょう。たくさん買って皆で食べましょう」

今から行くピクニックは総勢十人。国を出て皆疲れているだろうから、のんびりとランチをしてお茶を飲んで過ごす。どこにも行かずにホテルで過ごすだけでも彼らは休めないから、みんなで食事をすることで慰労も兼ねる。カラフルなドーナツに目移りするルビナ嬢。

「気になったものは購入しましょう。彼らはあればあるほど口にしますから、どれだけあっても足りません」

「それなら気になったものを選んでもいいですか？」

「もちろんです。たくさん買いましょう。すぐなくなりますよ？」

どっさりと購入したドーナツ。こんなに買ってもすぐなくなるのが目に見える。

「さぁ、馬車に戻りましょう」

どっさりと食材が馬車に用意されていた。目指す丘の上は馬車で三十分ほど。小高い丘の上だった。芝生の上にシートを敷いて折りたたみ式のローテーブルを置く。その上に購入してきた物を次々と手際よく並べていく。湯を沸かしてお茶の準備も万端。自然の中、皆で囲むランチは美味しい。買いすぎたと思わなくもない量だったが食べ残すことはなかった。ランチの後は少しだけ散策してホテルへと戻った。ルビナ嬢はお腹がいっぱいで夕食は食べられないと言っていた。明日の準備もしなくてはいけないだろうから受け入れた。


〜結婚式〜

結婚式は歴史ある聖堂で行われます。式には陛下が参列されていて、レオ様のお母様ととても仲が良さそう。レオ様のお母様は嬉しそうにレオ様を見ていました。実際目にするとレオ様って本当にロイヤルな方なのだわ。と思ってしまいました。式にはたくさんの貴族が参列していて、式が終わりレオ様と夫人は教会の外に出てフラワーシャワーを浴びて幸せそうでした。

外には参列者以外の人たちもたくさん集まっていて、この後のパーティーに参加する人はレオ様やジェイ様の友人もたくさん来られるようです。結婚式は貴族しか入れないようでレオ様の友人だけど貴族ではない方たちは教会の外で祝っていました。レオ様もジェイ様も寂しいだろうな。

「パーティーまでしばらく時間がありますが一度ホテルへ戻りますか？」

「そうですね、」

「ジェイ様！」

「あぁ、アンナさんか。こんにちは」

女の人に呼ばれて挨拶をするジェイ様。知り合いかな？　きれいな人。

「昨日はありがとうございました」

「いえ、こちらこそ」

昨日って？　昨日はピクニックに行ってたのに。早くホテルに戻ってきたのは、女の人と会うためだったのかな。

「今からパーティーへ？」

女の人との会話は続いていました。

「いえ、ホテルで休んでから出直そうと思っていたところです」

「そうなの？　パーティーまで時間があるから皆バーで飲むらしいのだけど、ジェイ様は行かないの？　そちらのお嬢様はジェイ様のお連れ？」

……ディートリヒのときと同じ。私のことなんて見えてなくて友人と出かけるのでしょうか。私とジェイ様はなんの関係もないもの。誘われて断りにくかったから付いてきちゃったけれど、久しぶりに会う友人と過ごすのでしょう。ジェイ様の口から聞きたくない。それなら私から……。

「あの、ジェイ様」

「なんですか？」

「私はホテルに戻るので、ご友人と過ごしてください」

私に遠慮なく友人と過ごしてほしい。その女の人もそう願っているのでしょうから。

「ルビナ嬢を一人ホテルに帰して私には友人の元へ行けと？」

「はい。せっかくお誘いいただいているのに、失礼にあたるのではないですか？」

「あぁ……。なんだ、それはありませんよ。アンナさん教えてくれてありがとうございます。会場で会おうと伝えてください」

「わかりました。それではのちほど」

「さぁ、行きましょう」

「ジェイ様、お気遣いは嬉しいのですがせっかくのお誘いを断るのはどうかと思うのですが……」

不思議そうな顔をするジェイ様。

「誘われていませんよ？　友人たちが飲んでいる。と聞いただけです。教会から外に出たときに友人に声をかけられて〝また会場で〟と言い別れましたよね？」

たしかにそういった会話はありました。それならあの女の人は？　聞きたいけれど聞けない。親しそうに思えたから。

「はい」

「行きましょうか」

なんだか悶々とします。ジェイ様はそれでいいのかな。せっかくここまで来たのに、私に気をつかってばかりいます。昨日会っていたアンナさんという人は……。出掛けると聞いていなかったから、胸がチクリと痛いです。内緒とか隠しごととか、そんなつもりはないのでしょうけど、ジェイ様は大人の男性……。ってダメ。変な想像をしてしまいました。

「どうかしましたか？　私は何か気にさわるようなことをしてしまいましたか？」

また気をつかわせてしまいました！

「あ、いいえ。少し疲れたみたいです。休めば大丈夫だと思います」

「……そうですか。それでは部屋でお休みください。時間になったら迎えにいきますね」

＊＊＊＊＊

「ルビナ様、元気がないようですが、どうかしましたか？」

リリに支度を手伝ってもらっています。パーティーへ参加するための準備です。

結婚式のドレスはシルバーにイエローを差し色に使った明るいもので、ジェイ様もシルバーにイエローを差し色に使っていて、まるで揃えた様な感じです。

ジェイ様かっこよかったな……。この国の男の人はムキムキな人が多いけれど、そうでない人もいて、ジェイ様はシルエットがスリムで都会的ですごく似合っていました。

ジェイ様がデザイナーさんに言っていたとおり、イエローの小物を使っている人が多くいて、おめでたいムードがすごく伝わってきました。

パーティーで着るドレスはグリーンのドレスです。これもジェイ様紹介のデザイナーさんが作ってくれました。シルバーのドレスだけだと思ったらグリーンのドレスも作られていて？　驚きました。

『こんなにいただけません』

『デザイナーがせっかくデザインしたのだからと言ってきました。生地も取り寄せたらしいので受け取ってください。よくお似合いです』

と言われて困惑していたら、お母様に頂いておきなさいな。あとでこちらからジェイ様にお礼をしておくから。と言われました。そんなことがあってこのドレスを着ることになったのです。

「お疲れですか？」

「なんでもないのよ。少し緊張しているだけ」

「そうですか？　ルビナ様！　すごく可愛くなりましたよー！　我ながらいい仕事をしました」

胸を張るリリ。今日も元気だわね。リリはホテルでお留守番だけどこうして準備を手伝ってくれる彼女にも何かお礼をしたいなぁ。こうやってリリと旅に出るのは最後になるんだものね。

鏡の前に立って最終確認をしていました。あれ？

「ねぇ、彼女、私こんな宝石持っていた？」

ルビーかな？　ルビーがリボンに型とられていて可愛い。って！　やっぱり見たことがないです。とても可愛いですし好みのデザインでドレスに合っているけれど何？　これ！

「ジェイ様からのプレゼントですよね？　ドレスと一緒に送られてきて、このドレスにはこちらの宝石を、と指示がありましたよ。ルビナ様にお似合いですもの。さすがジェイ様ですね」

「……こんなにもらえないわよ」

「？　ジェイ様がくれるというのでしたらもらっておきましょう。身に着けるときっと喜ばれますよ。奥様も同じことを言っていましたよ」

「……でも、」

戸惑っていたら、コンコンっと扉をノックする音が聞こえました。

「ルビナ嬢お迎えにあがりました。準備はできましたか？」

扉の外からジェイ様に声をかけられたので扉を開けました。

「お待たせしました……」

扉を開けるとジェイ様が小さなブーケを渡してくれました。

「これはルビナ嬢に。それとこれはリリさんに」

リリには焼き菓子を渡していました。

「まぁ、私にまで……よろしいのですか？」

「ええ。今日リリさんには留守番をお願いするのですからお茶の時間にでも召し上がってください」

ジェイ様、リリにも気をつかってくれた。嬉しい……。

「やはりルビナ嬢にはグリーンがお似合いですね。以前デートの際にピンクの小物を差し色にしていて、とても似合っていたのでそれを思い出しますね」

あ、そうだわ！

「ジェイ様、宝石まで用意してくださったのですか……」

「それは当然ですよ。ドレスに合うアクセサリーをプレゼントしたくて……。異国の地に付いて

きて下さったお礼です」

「……でも」

「すみません。勝手な真似を。でも私はルビナ嬢にそんな顔をさせたいわけではないのです。私は単純なので、ありがとうと一言言ってくださるだけで満足なんですよ？」

そんな顔で言われたら……。

「ジェイ様、たくさん用意してくださり、ありがとうございました。嬉しいです」

「はい。ルビナ嬢の気持ちをたしかに受け取りました。それでは行きましょうか」

「はい。リリお留守番お願いね」

「行ってらっしゃいませ。楽しんできてくださいね」

＊＊＊＊＊

「会場はここですよ」

「邸宅？　の様な感じなのですね」

「パーティーなどをする際に借りることができるようですよ。ここはレオが購入してこれから貸し出しをするみたいですね。自らパーティーで使い、元王族として付加価値を付けてそれから貸し出すという魂胆ですね。商売上手だと思います」

へぇ。すごい……。ジェイ様と会場に入るとすでにたくさんの人がいました。

「大きい人が多いですね」

「ははっ。それはそうですよ。レオの友人ですからね」

「ゴリラというかクマさんのようですね」

のそっ。とした感じ？

「ジェイ！　可愛い子を連れているじゃないか！　やるなぁ」

クマさんたちがジェイ様を囲んでバンッと背中を叩きました。すごい音です。ジェイ様大丈夫なのかな。

「ルビナ嬢これは私の学生時代の友人たちです。怖がらせてしまって申し訳ありません」

みなさん背が高く大きいので見上げる形になります。

「ジェイ様のご友人の方々、初めましてルビナ・ローゼンと申します」

ドレスの裾を摘んで挨拶する。

「俺たちは平民なのでファミリーネームはありません。どうぞ気軽に接してください」

四人の男性が自己紹介をしてくれました。体格が大きくて怖そうな見た目の方もいますが、歓談をしてみるとみなさんレオ様やジェイ様と友人というだけあって気さくな方だということがわかりました。お仕事は街の警備を担当しているのだそうです。街中にも警備の方がたくさんいましたね。この方たちのおかげで夜も安心して歩けるのでしょうね。それからしばらくすると先ほどのアンナさんといわれた女の人が来ました。

「ジェイ様！」

「アンナさん、先ほどはどうも」

アンナさんはすでにお酒を飲み楽しんでいるようでした。体のラインにピッタリフィットしたドレスが大人っぽい雰囲気でした。ジェイ様に近寄り話をしている姿を見るとまた胸が痛み出しました。

「ルビナ嬢、どうかした？　何か飲む？」

「あ、はい。そうですね」

ジェイ様のご友人が飲み物を渡してくれました。

「これは令嬢に人気があるそうだ。俺たちには甘すぎるからわからないけど」

体格がいいので飲む量も食べる量も桁違いなんですって。飲み会をよくするそうで、酒場で力比べが始まると盛り上がるのだそうです。

「ジェイ様からも力比べの話をお聞きしました」

くすくすと笑った。楽しい方たち。ジェイ様は相変わらずアンナさんと話をしていました。

ジェイ様はアンナさんと……。そんなことを思っていたらレオ様が来ました。

「やぁルビナちゃん、よく来てくれたね。嬉しいよ、楽しんでる？」

「この度はおめでとうございます。招待いただきありがとうございます」

ドレスの裾を摘んで挨拶をした。

「堅い挨拶は抜きにしよう。今夜は無礼講だよ。ほらこいつらも頭なんて下げていない。皆が楽しんでくれたらそれでいい」

はっはっは……。と笑うレオ様とご友人たち。いい関係性だと思いました。元王族と平民でも関係ないみたい。レオ様は身分に拘らない方でしたね。

「ルビナちゃんちょっといい？」

「はい」

そういうとすっとご友人たちは少し離れた。ぱっと見ガサツな感じがしたけれど（失礼）こういうところなのね。

「今回の件で君がノーと言えないと知っていて招待した。本当に悪いと思っている」

頭を下げるレオ様。こ、困ります！

「いいえ。招待頂いて初めて外国に来られましたので……。それに楽しいです」

「そうか。それなら良かった。ホテル暮らしで困っていることはないか？」

「いいえ。とてもいいホテルで私なんかには勿体ないお部屋です。ありがとうございます」

レオ様は身長が高いから見上げていたら頭が少しだけくらくらとしてきました。

「ジェイとは仲良くしているか？」

チラッとジェイ様を見る。

「あ……」

女の人に囲まれている……。さっきはアンナさんという人だけだったのに、五人も女の人がいます。

「またか……注意してこよう」

「また……？　ジェイ様はいつもあのような感じなのですか？」

いつも女の人に囲まれているということ？　モテないって嘘、だったんだ……。また胸がキリッと痛みました。

「……誤解があるようだから本人に釈明させよう。しかしね、ジェイはまったくモテないというわけではなかった。侯爵令息だし人当たりもいい。この国ではゴリラがもてはやされるわけだが、人の好みはそれぞれだし、ジェイは鍛えているが体を大きくしたくないだけだ」

「あ、はい」

「友人としてジェイの尊敬できるところは、学生時代は卒業後のために動いていた。というところだな」

「卒業後？　ですか……」

「そう。侯爵令息といっても爵位は長兄が継ぐし、その後ジェイがどうするかということ。侯爵家にはほかにも爵位があるだろうしそれを受け継ぐにしても、自分で何かをやりたいという気持ちがジェイにはあった。侯爵家の人間として恥ずかしくない道を歩みたい、と言っていた。だから職人の話を聞き専門家の話を聞くのがあいつは好きなんだ。あいつの店はこの国の影響を受けているだろう？　職人を呼んで皆で楽しみながら仕事をしている。植物園もそうだろう？　学園時代は女に現《うつつ》を抜かすなんてまったくなかった！　これは言い切れる」

　なんとなくジェイ様らしい。

「しかし、なんだ……？　ルビナちゃんと来ているのに、あの腰抜けは！　ん？　ルビナちゃんどうした？」

　なんだか身体がふわっとしてきました。顔も熱い。ずっと見上げていたから？　かな。

「？　何を飲んで……。これはアルコールが高い酒じゃないか。なんでこんな酒を飲んでいるんだよ」

　それに気が付いたレオ様の友人たち。

「ジュースみたいなものだろう？」

「お前らのように酒も水もわからん奴が言うな！　飲みやすく人気は高い酒だがアルコールが高い。ルビナちゃんは酒に……、強くなさそうだな大丈夫か？」

「少し座っていれば大丈夫です」

　ふわふわするけれど意識はあるし、立っていられるくらいだもの。

「ルビナちゃんちょっと待っていろよ」

～ジェイ視点～


「おい！　ジェイ！　ちょっとこっちこい！」

「なんだ？」

「ちゃんとルビナちゃんを見てろ！　まったくお前は何しに来たんだよ！」

「ルビナ嬢に何か？　って私は何を！　しまった！　ルビナ嬢は」

たった十分でも一人にしてしまった！　私としたことが！

「あいつらがルビナちゃんに渡した酒のアルコールが強くて、少し酔っている。量は飲んでいないからしばらくしたら酔いも覚めるだろうがちゃんと見ておけよ！　何のためにパートナーをしているんだ？　女に囲まれるところをルビナちゃんに見せて自慢でもしたいのか？」

「自慢？　そんなわけあるか！」

急いでルビナ嬢の元へ行く。

「ルビナ嬢、すみません。大丈夫ですか？」

「ジェイ様……」

頬が赤く染まりうるうるした瞳のルビナ嬢に見つめられて天を仰ぐ……。かわいすぎる。

「……まずは水を」

何とか正気を取り戻し水をもらってルビナ嬢を連れてテラスへと行く。ガーデンも煌びやかに飾られていて見応えがあるし、外の空気を吸った方が良さそうだ。

「すみません、離れてしまって……これは私のミスです」

頭を下げる。

「いいえ。ジェイ様のせいではありません」

「いいえ。私の責任です。ルビナ嬢をしっかりと見ていなくてはいけませんでした」

悔やんでも悔やみきれない……。

「私は小さな子どもではありません」

ふん。っと顔を逸らすルビナ嬢。

「子どもだとは思っていません。しかしルビナ嬢を一人にしたのは私のミスです」

「……女性に囲まれていたから……。私を忘れてしまったのですね。ジェイ様はモテないなんて嘘」

「……ルビナ嬢？」

「昨日だって早くピクニックを終わらせて、ジェイ様はアンナさんと会っていたんでしょう……」

「昨日は、アンナさんではなくアンナさんのご主人と会っていました」

「でも……。昨日はありがとうって……」

「挨拶はしました。やましいことなどありません。ルビナ嬢は一昨日観に行ったバレエをまた観たいと思いませんでしたか？」

「え？　はい。それは」

「私の友人は劇場の関係者なんですよ。それでバレエの公演をうちの国でやる気はないのか。と話をしてきました。アンナさんにヤキモチを妬いてくれたんですか？」

目を瞑って赤くなり下を向くルビナ嬢。もしかして妬いたのか！

「先ほど囲まれて？　いた女性たちは劇場の関係者です。服飾担当だったり広報担当だったり……。すみません。バレエ団を呼ぶのに話を詰めていました」

「そ、そうなんですね。恥ずかしいです」

「私は嬉しいですよ。こうやって勘違いをしてくれたおかげで、今私は幸せです」

ぽんっと優しくルビナ嬢の頭に触れた。

「私は……欲張りになってしまいました」

小声でルビナ嬢が呟く。

「欲張りですか？　聞いても？」

「……ジェイ様が一緒にいてくれるのが当たり前に思っていました。私は……。アンナさんに声をかけられているジェイ様を見て、嫌なことを思い出してしまいました……。また私は置いていかれるって。でもジェイ様は私がいるからご友人からのお誘いを断ってしまって……。私がいたから」

「一緒にいて当たり前ですよ。私はこの旅でルビナ嬢に少しでも私を好きになってもらいたいと思っていました。どうしたらあなたが喜んでくれるか、退屈しないか、一緒にいすぎて飽きられないか……。ルビナ嬢を置いていくなんてあり得ません！　あんな男と一緒にして欲しくありませんが、ミスをしてしまいました」

……この旅はいわば、私という男を知ってもらいたいというプレゼンの場だったのに。

「今日はこれから一緒にいてくれますか？」

……これから一緒、ずっと？　ルビナ嬢の上目遣い……。いや、違うな。言いかた！

「……ジェイ様？」

「それはもちろんですが、ちょっと誤解をしてしまうような言い回しがあったので……」

首をかしげるルビナ嬢、まだ酔いが覚めてないのかもしれない……。

「ねぇ、ルビナ嬢」

「はい」

「私は結構頑張ったと思いませんか？　少しはいいところを見せられましたか？」

「はい。すごく楽しかったですし、ジェイ様は素敵な人です……。でもこんな些細なことでジェイ様を困らせてしまいます。きっとこの先も、」

「え！　困らせてください！　喜んで！」

っと。これでは尻尾を振る犬ではないか！

「……ジェイ様を好きになってもいいのですか？」

「なぜ疑問形なんですか……。ぜひお願いします。私はルビナ嬢に恋をしました。あんな風に彼を待っているあなたの姿が目に焼き付いて離れませんでした。怒っても泣いてもいいのに決して後ろ向きな発言はしませんでした。そんなあなたの優しさに心打たれました。あなたの笑った顔が好きです。どうしたらその笑顔を私に向けてくれるか、それを考えるのが楽しいです。私は欲張りで、あなたが私を好いてくれていると聞いた今、ただのお付き合いでは足りなくなります。結婚を前提としたお付き合いを考えてほしいです」

ルビナ嬢の手をそっと取り優しく握った。


「はい」

「……え？」

「ジェイ様……。ロマンス小説の主人公のような口説き方をするんですもの……。嬉しいです」

ロマンス小説？　ルビナ嬢はロマンス小説が好きなのか……？　もっと勉強しなくては！

「なるほど……。小説の主人公の気持ちがいま、わかりました」

「………？」

何を言っているかわからないという顔をするルビナ嬢。

「好きな人のためならなんでもしたくなるのです。先ほど言った言葉はセリフではありません。

心からの気持ちです、でも……」

「でも？」

「もしこれが小説なら物語の主人公は私とルビナ嬢ですね」

「……っ！」

ちゅっ。とルビナ嬢の手に軽くキスをする。

「ずっと一緒にいましょう」

「……は、い」

顔が真っ赤になっている。可愛い……。

「約束ですよ」

と言うとルビナ嬢は頷いた。すぐに戻ってくると言い残し、二人分の果実水を持つ。限界……。緊張のあまり喉が渇いた。急いでテラスへ戻る。

「ありがとうございます」

「一人にしてしまってすみません」

誰も来ないように目は光らせておいた。

「ふふっ、大丈夫ですよ。ジェイ様はすぐに戻ってくると信じていました」

……その笑顔は反則だろ。

「？　ジェイ様？」

「……想いが通じるというのはうれしいものですね」

果実水を渡して、断りを得てルビナ嬢の隣に座った。

「……お酒の力もあります。少し酔ってしまいました」

あの酒か……！

「それであれば友人たちに感謝をしなくてはいけませんね。ルビナ嬢は初めてお酒を口にしたのはいつですか？」

弱いということは、口にしたことがあるんだよな。

「十六歳の誕生日です」

「社交パーティーデビューだったんですね。その場に私もいられれば良かった」

「その日に婚約が解消となって……。家族でシャンパンを飲みました。ですからお酒を飲むのは今日で二回目です」

……酔ったルビナ嬢をほかの男に見せたくない。可愛いすぎる。

「お酒は私といるとき以外は飲んで欲しくないです。心配になります」

ルビナ嬢の手を取り繋いだ。目を大きく見開いて私の方を見てきた。急すぎたかな……。

「はい。お父様にも言われていますもの」

酒に呑まれた令嬢なんて正直言って見苦しい。何事も程々にだな……。

「この時間がとても惜しいのですが、そろそろ会場に戻らないと……」

あぁ、無念。このまま二人でいたい。

「そうですね。レオ様のパーティーなのに……。ジェイ様は久しぶりにご友人とお会いしたのに」

「心配いりませんよ。私はたまにこちらへ来ていますし、逆も然りですから」

ルビナ嬢の手は小さくて温かい。

＊＊＊＊＊

「へぇ」

レオ様がニヤニヤとしていて、すごく恥ずかしくなりました。ジェイ様と繋いだ手を見て察したみたいです。

「レオナルド、感謝する」

「へぇ。素直だな。ルビナちゃん、強引に誘ってしまって悪かったね。リアーヌに怒られたんだが、ジェイのことを思うとつい」

リアーヌ様とはレオ様と本日ご結婚された方。少し気の強そうで美しくさっぱりとした素敵な方でした。元王族のレオ様に物怖じせず、ずばりと意見を言えるような方です。

「レオの用意してくれたホテルは快適だった。ルビナ嬢に謝罪の意味を込めて奮発したんだろう」

「まぁ、それくらいは……。次に来たときは一緒の部屋を用意しておくよ」

……！　な、なんてことを言うんですか！

「なんてな、冗談だよ。ルビナちゃんの家から苦情が来そうだ」

「レオ様……。この度は招待いただきありがとうございました。来て良かったです」

ぺこりと頭を下げました。

「ルビナちゃん、ジェイのことで何かあったら俺に相談してくれ、ジェイのことなら大体わかるぞ。喧嘩をしても俺はルビナちゃんの味方をするから遠慮なく言ってくれ」

はっはっは。と豪快に笑うレオ様。そして挨拶をするために会場に戻って行きました。

「レオ様は楽しい方ですね」

「……あぁ、ルビナ嬢を気にかけていましたね。気に入らないな、レオナルドめ」

はぁっ。とため息をつくジェイ様。私たちはテラスにいたからわからなかったけれど会場は盛り上がっていました。

「何をしているんですかね？」

「異常な盛り上がりですね」

盛り上がっている場所へ行くと……。

「うわっ！　これは退散しましょう！」

上半身裸になった男性たちが力比べをしています！　周りも、いいぞ、やれやれ！　とはやし立てています。

「お、ジェイ！　お前もやれ！」

笑いながら見ていたレオ様がジェイ様に言いました。

「遠慮する！」

「なんだ？　ルビナちゃんの前で負けるのが恥ずかしいんだな。腰抜けめ！」

「なんとでも言うがいい！」

……ただでさえ目のやり場に困るのに、ジェイ様が……。となると絶対に直視できません！

「学生時代の悪ノリだ、やめさせろ」

ジェイ様が苦言を呈しました。

「あいつらも変わらないよな……。周りを見てみろ。皆喜んでいるじゃないか。これも一興だ。皆が楽しめるパーティーをしたかったんだから盛り上がっていいじゃないか。ほらリアーヌも楽しんでいる」

あははは。と声をあげて笑っています。リアーヌ様もレオ様同じく飾らない性格のようです。

「リアーヌの家は騎士の家系だから、男の上半身なんて小さい頃から見慣れているんだ」

……逞しい方ですね。

「ジェイ！　お前も来い!!」

力比べをしている男の人からジェイ様が呼ばれました！

「遠慮しておく！」

「よし、ジェイ！　行け！」

レオ様がジェイ様の背中を押しました。

「はぁ？　行くわけないだろ」

「おーい！　ジェイにはハンデをやってくれ。なんでもアリ。どうだー？」

「「「「いいぞー」」」」

「いいってよ、行け。そうだな、膝を突いたら負けだぞー！」

みなさんが返事をしてジェイ様を呼びました。仕方なくジェイ様が上着に手を掛けました。え！　ぬ、脱ぐの？　ジェイ様に上着を渡され、タイを取りシャツだけになるとボタンをはずして腕まくりをしました。

「はぁっ。何でもアリとは軽く見られたもんだな。これを持っていてください」

「あ、はい。お怪我なさらない様に」

ギュッとジェイ様の上着を抱きました。ジェイ様はシャツを脱がないみたいでホッとしました。

「力比べでは敵わないだろうから、特別ルールだよ」

レオ様がニンマリと笑いながら私に声をかけてきます。

「あんなクマさんたちのような中で戦って怪我をしないか心配です」

「ルビナちゃんゴリラよりクマの方が凶暴だよ……。ゴリラは霊長類だから例えても……、って聞いてないな」

はらはらしながらジェイ様を見る。筋骨隆々な男の人との対戦だもの。

クマ……、じゃない、ゴリラがジェイ様に向かって、あ！　ジェイさまが華麗に躱しました！

そして足を引っ掛けました。　え？　どすん。と音を立て男の人が倒れました！

「勝者ジェイ！」

おぉー！　っと、歓声が上がりました。ここでは爵位があってもなくても親しい人は名前で呼び合っています。無礼講とレオ様が言ったけれどなかなかない光景ですよね。貴族は爵位を大事にするのに。これもレオ様の人柄なんでしょうね。

「ジェイ次は俺と」

ジェイ様はさっと対戦相手の後ろに回って腕を捻りあげた。

「痛ぇ、負けだ！」

相手の方はタップして負けを認めました。あっという間のことで、つい。

「……ジェイ様カッコいいです」

「ジェイは、ああ見えて強いんだよ。これは俺からジェイにプレゼントだ」

「？　？　？」

「かっこいいところをルビナちゃんに見せて頼れる男だと証明できたからな」

レオ様はウィンクをしました。

「これでリアーヌに怒られないだろう！」

腕を組み、うん。うん。と頷くレオ様。

レオ様は強引なときもあるけれど優しい人だと思いました。

「はぁっ。疲れた……」

ジェイ様が戻ってきて開口一番呟きました。

「お疲れ様でした」

と言ってジェイ様が上着を着るのを手伝いました。

「ありがとうございます……。こうやって上着を着せてくれるなんて、嬉しいです。動きがスムーズですが、このように着替えを手伝ったことがあるのですか……」

「ふふっ。お母様はお父様が帰ってきたら上着を脱ぐのを手伝っていました。だから小さい頃私は真似をしてお兄様に着せていたんですよ。役に立ちましたね」

「それは微笑ましい光景です。ルーク殿も嬉しかったでしょうね」

お兄様も一緒に楽しんでいたのは事実です。それよりも！

「ジェイ様はとてもお強いのですね！」

「恥ずかしながら、力では負けてしまいますので、ずるといえばずるですから、強いというのは少し違いますね。どうやったら相手を足止めできるか？　それくらいです」

「そんなことはありません！」

「少しはいいところを見せられた。で、いいでしょうか？」

「はい……。かっこよかったです」

「これはレオに感謝しないといけませんね」

だってジェイ様本当にかっこよかったです！　軽やかでしなやかな動作はダンスをしているように も見えました。あんなに大きな体の男の人がふわっと宙に浮きましたもの！

その後、アンナさんのご主人が遅れてやってきました。ジェイ様とアンナ様の誤解がすっきりと解けました。恥ずかしいです。

「かわいい彼女のためとか言いながら、しっかり儲けるつもりだぞ、ジェイは」

アンナさんのご主人が揶揄うようにジェイ様に言いました。

「おい、余計なこと言うなよ……」

口調から親しい間柄と想像がつきしました。ジェイ様が私に友人を紹介してくれるのは嬉しいです。

「バレエの公演が決まったら、またボックス席を確保しておきますので一緒に行きましょう。今回ついてきてくれた侍女のリリさんもお礼がてら婚約者と観に行けるようにしておきます」

「ジェイ様ありがとうございます。リリは私にとって姉の様な存在で大切な人なのです」

その頃リリは結婚して、男爵家に入っています。ジェイ様は旅行中リリにとても良くしてくれました。男爵家に嫁ぐのでリリは私の侍女を辞めてしまいます。

リリは私にとって姉みたいな存在だけどこれからは友人として仲良くしていきたいと思いま

す。

「……考えたのですが、明後日はリリさんと街歩きをしますか？　二人で旅行に来ることはこれから難しいでしょう？　護衛をつけますので安心して出かけられるようにします」

明日は疲れているだろうから、ホテルで休む予定でした。

「令嬢が好きそうな店もたくさんあります。私といては行きにくいかもしれません。もちろん行きたいと言われればどこでも一緒に行きますけれど」

「いいのですか？　ジェイ様はご友人がいらっしゃいますので、暇を持て余すことはありませんね」

なんとなくしゅんとしてしまいます。私がいなくても、ジェイ様は知り合いがたくさんいますもの。

「暇か……。話をしたいと思っていた職人がいるので、その人を訪ねてみます。夕食は一緒にとりましょう。また話を聞かせてください」

「……それなら遠慮なく、リリと出掛けてきますね」

＊＊＊＊＊

パーティーが終わって部屋に戻ってきました。

「ルビナ様、そわそわしてどうされたのですか？」

「え？　そ、そうか、な？　普通だと思うのだけど」

たどたどしい返答ににやり。と笑うリリ。

「いいことがありましたね！　お話聞かせてください」

「え？　な、なんのこと」

挙動不審になってしまいました。リリは私を生暖かい目で見てきました。帰ってきてから様子がおかしいと言われました！

「ジェイ様と何かありましたね？　さては！」

「な、リリ、」

顔が赤くなり下を向いて何も言えないでいました。何を言い出すかと待つリリに負けました。もちろん報告はするつもりでしたがにやにやした顔で見てくるのはやめてほしいです。

「……あのね」

「はい」

「私、ジェイ様のことが好きみたい」

「まぁ。ふふっ。相思相愛ではないですか。よろしかったですね」

「お父様に言ってもいいかしら」

何を？　と首をかしげるリリ。

「ジェイ様と将来を約束したいって……ディートとの一件があったばかりだから早いかしら？　もう少し待ってもらった方がいいのかしら？」

「帰ってからすぐに旦那様に報告しましょう！　ジェイ様を待たせるなんていけませんよ。これ以上待たせるとほかの令嬢に取られてしまうかもしれません」

え！　と驚く。そうよね。ジェイ様は素晴らしい人だもの。ライバルが多いのね。

「帰ってすぐにお父様に言うと驚かないかな？」

「なんとなく？　いえ、すでにわかっていますって！　ジェイ様とご報告をされればよろしいのですわ。ルビナ様の今のお顔を見たら旦那様も納得されますよ」

「どんな顔をしているのかわからないわよ……」

「とぉぉっ――ってても可愛らしいです！　幸せにしか見えません」

＊＊＊＊＊

ジェイ様との今までの関係性が変わった旅が終わろうとしています。船に乗り港町に着き、一泊してから明日には帰宅。旅での最後の晩餐となったホテルのレストランでのことです。

「ルビナ嬢、どうかしましたか？　食が進んでいませんが、お口に合いませんでしたか？」

食が進んでいないようで、ジェイ様に心配をかけてしまいました。

「え？　あ、すみません。少し考えごとをしていました」

お互いの気持ちを伝え合って、少し距離が縮まるかな？　などと思っていました。しかしジェイ様は今までどおりに振る舞い、変わらず優しい。あまりにも変わらなすぎて、本当に付き合うことになったのか？　と思ってしまいました。

ジェイ様と付き合うことになったことを家族に話そうかと思っていたけれど、もしかして都合のいい夢だったのではないか？　とも思いはじめています。

「ご自宅に戻ったときのことですか？」

！　なぜそれを⁉　と動揺してしまいました。

「ははっ。当たりましたね。実は子爵家に手紙を出しました。明日の夕方に到着予定なので、お時間をください。と書きました」

「それは……どういった時間なのでしょう？」

旅行の思い出を語るとか？　問題なく帰ってきたという報告？　ジェイ様が何を考えているかわかりません。

「それはもちろん、ルビナ嬢とお付き合いをさせていただくことをお許しください。という報告ですよ」

「え？」

……やっぱり夢ではないようです。とほっとしてしまいました。

「驚くようなことですか？　私たちは想いが通じ合ったんですよね？」

真剣な眼差しでジェイ様が見てきました。

「えぇ。夢でなければ……」

「……夢ですか。それはショックです、現実ですよ！」

「そうですよね？　あまりにもジェイ様が普通だったので、私だけが浮かれているのかと思っていました。お酒がみせた幻惑だったとか……」

アルコールのせいで都合よくジェイ様とお付き合いをしている。と勘違いしてしまったのではないかと、昨晩はなかなか寝付けませんでした。

「……きちんとご両親に報告して、了解を得てからルビナ嬢との仲を深めていけたらなどと思っています。きちんと送り届けるまでが今回の旅です。私を信頼してルビナ嬢を預けてくれましたので、この旅で子爵の信頼を裏切るわけにはいけません」

……言って欲しかったです。おかげで寝不足になったではありませんか。ジェイ様らしいといえばそうなのかもしれません。

「そこまで考えてくださっていたのですね。もっと早く伝えてくだされば良かったのに……」

寂しいと思った気持ちが晴れました。

「すみません。ちゃんと順序を守ってお付き合いしたいと考えています。それに子爵に交際を断られてしまったら、どうしようなど考えていました」

「それをいうなら、私こそ侯爵家に受け入れていただけるか……」

「あ、それは問題ありませんよ。父はルビナ嬢と会って、可愛らしいお嬢さんだ。なんて言っていましたし……。実は子爵とも、」

「お父様がなにか？」

「……植物園のオープン記念時に、父と子爵がすでに話をしていまして……。私がルビナ嬢に好意を抱いていることは二人ともご存じですので……外堀を埋めるようで申し訳ありません」

「そうですか……」

……ジェイ様って強引なところもあるけれど、引くところは引いて駆け引き上手なのかもしれません。大人ってずるいです。

「ルビナ嬢、その、怒っていますか？」

「怒ってなどいません。でも隠しごとはもうやめてくださいね？」

「もちろんです。あなたの嫌がることは絶対にしません。約束します」

憂いがなくなったから、今晩はぐっすり眠れるかも。

自分の家に帰ってきただけなのに、緊張しています。早く家族に無事に帰ってきました。と言いたいのだけれど……。

「お帰りなさいませ、お嬢様。旦那様がお待ちですよ。デュランド伯爵様もどうぞ」

執事長とメイド長に案内された場所は応接室でした。

「無事帰ってきたようだな。お疲れのところ申し訳ありません、ジェイ殿この度はルビナが世話になりました」

お父様がジェイ様に挨拶をしました。

「いえ、こちらこそ私の友人が強引にルビナ嬢をお誘いしてすみませんでした」

ジェイ様もお父様に挨拶をしました。それから座るようにと言われてジェイ様はお父様の向かいに、私は一人掛けのソファに座りました。

「ほう。そこへ座るのか」

何か間違えた？　ジェイ様は苦笑いをしていました。

「え？　お父様のお隣に座れば良かったのですか？」

普段はお母様が隣に座りますよね？　応接室に呼ばれたということは後でお母様もくるかもしれません。

「いや。安心した。ジェイ殿手紙は受け取りました。話を聞かせてもらえますか？」

「はい、手紙に書いたとおりなのですが、私の口からきちんと子爵に説明をさせていただきたいと思います」

お父様は頷き話をするようにと促していました。何が書かれていたか気になります！

「結論から言いますと、ルビナ嬢とお付き合いをさせていただきたいので、お許しをいただきたく存じます。私の気持ちはルビナ嬢に伝えてありますし、彼女からもいい返事をもらいました」

きゃぁ。お父様の前で……！　恥ずかしい。かぁーっと顔が赤くなるのが自分でもわかる。悪いことをしているわけではないのに、後ろめたいというか……。

「そうですか。わかりました。ルビナは何か言いたいことはないのかい？」

「……ジェイ様の説明どおりで間違いありません」

「脅されたとか、無理やりとかではないんだな⁉」

脅されるだなんて……！　そんなことはされませんしジェイ様が気を悪くされたらどうするのですか！　お父様らしくありません。ジェイ様を見ると笑ってくれました。その顔を見ていたら素直に言葉が出てきました。

「私はジェイ様をお慕いしています……」

は、恥ずかしい……それから覚えていないけれど、ジェイ様がお父様とお話をしていた。

「ルビナ、ねぇ、ルビナったら！」

……あれ？　お母様？

「お母様？　いつからいました？」

「今来たの。お帰りなさい」

「ただいま帰りました」

お母様の顔を見たらホッとした。あぁ、これは現実だわ。

「ジェイ様とお付き合いをすることになったんですって？」

「はい」

「まぁ、良かったじゃないの。やっと自分の気持ちに気が付いたのねぇ」

自分の気持ち？

「え？　お母様は知っていたのですか！」

私の気持ちなのに？　どうしてお母様が知っていたの？

「どうして変な顔をしているのよ。ルビナ以外みんなわかっていたわよ！　デートに行くって張り切ってお洋服を選んだ、むごっ」

「お、お母様！　ジェイ様の前でなんてことを言うのですか」

お母様の口に手を当ててそれ以上は言わないようにしました。ジェイ様をそぉーっと見ると、にこにことしています。

「そうでしたか。それは嬉しいことを教えていただきましたね。私もあの日は張り切って衣装を選んでいたのですよ。同じ気持ちだったのですね」

ジェイ様が言った。それを聞いたお父様。

「付き合いは認める。将来を見据えての付き合いで間違いはないのですね？」

「はい、間違いございません」

「ルビナもいいんだな？」

「……はい」

「わかりました。ジェイ殿、ルビナのことをよろしく頼みます。決して裏切ることのないように」

あ……ディート、じゃないモリソン子息のこと？　心配かけたもの。

「お父様……あの、早すぎましたか？　その、あの、モリソン子息の、」

言いにくいけれど、ちゃんと聞かなきゃ……と思っていた。

「それは言わなくていい。ジェイ殿はそれも含めてルビナがいいと言ってくださったんだ、ジェイ殿が信用できないか？」

頭をふるふると振る。

「いいえ」

そう言ってジェイ様を見るととてもいい顔で微笑んでくれて嬉しかったです。

「それならジェイ殿に任せておけば間違いはない。付き合いは認めましたが、まだ婚約者というわけではありません。侯爵家との話もあるでしょうからゆっくりと話を進めていきましょう。それでもいいかな？」

「「はい」」

ジェイ様との付き合いはあっさりと認められました。

お父様にお付き合いを認められて、ジェイ様は帰ることになり、お見送りをしました。

「正式に付き合いが認められて良かったです。近いうちに実家に報告に行ってきます」

将来を考えている関係だもの。両家に挨拶をすることになるのは必然ですよね。

「はい。その……。よろしくお伝えくださいませ」

少し顔が引き攣ったかもしれません。そして頭を下げる。

「ははっ。なんて顔をしているんですか。ルビナ嬢の話をしたら家族は喜ぶだけですからご安心を。また連絡しますね」

「はい、それではまた」

と私が言うとジェイ様はとても嬉しそうに笑った。

「ルビナ嬢から〝また〟と約束をされるのはとても嬉しいですね。近いうちにデートをしましょう」

「はい」

「手を……」

……手？　そっとジェイ様の手の上に自分の手を乗せた。

すると触れるだけのキスを落とされた！

「きゃっ」

「今はこれくらいにしておきます。子爵から承諾を得ましたから、お許しください。嫌ならもちろん触れません」

……イヤ、じゃない。

「嫌だなんて、」

「ふふっ、ありがとうございます。段階を踏んでお付き合いをしていきましょう、お疲れでしょうからゆっくり休んでください。これ以上いると離れがたくなるので、失礼します」

ジェイ様が帰って行った。家は落ち着くけれど、ジェイ様との旅は楽しかったな……。また、行けたらいいなぁ。

＊＊＊＊＊

「お土産です」

お父様とお兄様にはネクタイとチーフ、お母様にはストールとハンカチを渡しました。シルク素材で触り心地がとても良くて、うちの国で買うよりも安く購入できました。

「「「ありがとう」」」

お父様とお兄様、お母様も気に入ってくれたみたいでした。

早速お父様に使わなかったお金をお返ししました。

「……全然使ってないじゃないか」

お父様が言うのも納得です。どうしてかとお父様がリリに尋ねました。

「お支払いはジェイ様が。ルビナ様が使ったお金は旦那様方のお土産とご友人へのお土産代くらいです」

そうなんですよね。滞在費とか食事代とかついでといって全て支払われた後で受け取ってもらえませんでした。

「そうか……。おや？　可愛い首飾りをしているな。似合っている。買ったのか？」

ドレスと一緒にプレゼントされたリボンを模った首飾り。可愛くてお気に入りになったのです。

「これはジェイ様から、」

「……そうか、」

もらったらだめだったのかも。そう思い首飾りをそっと触りました。

「大事にしなさい、とてもいい品だ……。やはり貢ぐタイプだったか……」

最後の方がよく聞こえませんでした。でも聞き返す雰囲気ではありませんね。

「いいか、ルビナ。将来を見据えた付き合いというのは、婚約して結婚をするということだ」

「……ハイ」

「付き合いは認めるが節度ある交際を、イヤなときはイヤだとしっかり言うように、あと相手は何かとプレゼントをしてくるかもしれないが……。もらっておきなさい」

断りなさい。じゃないのですね？

「ジェイ様はルビナに似合うものがわかっているってことよ。さぁ、疲れたでしょうから食事の時間になるまでお部屋でゆっくりしなさいな」

「はい、お母様」

ジェイ様とのお付き合い、家族に反対されませんでした。良かった。

～ルビナ両親視点～


「ルビナったらあんなに照れて可愛らしいわね、あなた」

「……ノーコメント！」

「え、今さらですか？　ジェイ様はいい方じゃないですか」

「今はいい顔をしているだけかもしれないぞ」

「侯爵様と話をしているのでしょう？　可愛いお嬢さんだと言われて悪い気がしなかったのでしょう？」

「そりゃ自分の娘は可愛いに決まっている。だから幸せになってほしい。もうあんな思いはして欲しくない」

「それはそうよ。でもルビナの人生ですから、ルビナがいいというなら応援してあげましょうよ」

「ジェイ殿はちゃんと誠意を見せてくれた」

「ええ。ルビナを大切にしてくれるわよ！　なんたって貢ぐタイプなのでしょう。あなたの言うとおりだったわね」

「断ったってよこしてくるから、好きにさせとけばいい」

「そうね」

冗談で貢ぐタイプと言っていた二人だったが、のちに困惑することになる。

＊＊＊＊＊

長期休暇が終わり学園の後期が始まりました。その日のランチタイム。

「遅くなりましたが、お土産を持ってきました」

ビーズの髪飾り、キャンディ、シルクのハンカチをお土産として渡しました。

「まぁ、素敵ですね」

「可愛らしいですわ」

「嬉しい、お揃いですのね！」

ソフィアさん、デボラさん、レイチェルさんが喜んでくれました。

「旅行は楽しかったですか？」

「はい。とても」

旅行を思い出すと急に恥ずかしくなり顔が熱くなってきました。

「これは！　伯爵様と何かありましたね！」

「みなさんにお伝えしなくてはと思っていました」

ううっ。お付き合いをすることになったことの報告です。

「「はいっ」」

「実はジェイ様とお付き合いをすることになりました……」

恥ずかしいですが伝えました。

「まぁ！」

「良かったですわ！」

「お似合いですもの！」

きゃぁきゃぁと話は盛り上がる。

「でも、お付き合いなんですの？」

ソフィアさんに聞かれました。言ってもいいと言われたので正直に報告することにしました。

「将来を見据えた？　お付き合いなので、いつかは婚約すると思います」

「良かったですわね！　伯爵様は素敵な方ですので友人として嬉しいですわ」

ソフィアさんが言うと、うんうん。とデボラさんとレイチェルさんも頷きました。

「私たち、この旅行できっとうまくいくと思っておりましたのよ！」

デボラさんが興奮気味に言ってきました。

「学園祭ではルビナさんが淹れたお茶を飲む伯爵様がとても嬉しそうで、早くくっついちゃえ！なんて思っておりましたの」

レイチェルさんも興奮気味でした。

「旅行の話を聞かせてください！　どのようにお付き合いすることになったんですの！」

ソフィアさんも早く早く！　と興奮気味です。

「ジェイ様が、優しくて、素敵すぎて。ほかの女性とお話をしている姿を見たら胸が苦しくなって――」

素直に話をしました。ジェイ様のことを考えると胸が苦しいのです。

「それで、なんて告白をされましたの？」

「……内緒です」

これ以上ないほど恥ずかしくなってきました。告白されたのは私だけの心に留めておきたいですから。

「もうっ！　そんな可愛らしい顔を見たらこれ以上聞けませんわね」

「そのお顔を見るとお二人の関係性が良好だとわかりますもの」

「本当ですわね！　ルビナさん、おめでとうございます」

「ありがとうございます」

友人たちに祝福されてホッとしました。

その後ジェイ様の家族と会うことになりました。家族で侯爵家に招かれてジェイ様のご実家へ行きました。

ジェイ様のお兄様たちは歳が離れていて、家を継いだ上のお兄様は三十歳、下のお兄様は二十八歳です。ジェイ様の両親はご長男様に家督を譲り領地経営を手伝いながら、のんびり過ごすことにしたようです。

「領地に帰る前に、こんないい話が聞けるとは思わなかった。ルビナさん末長くよろしく頼むよ」

ジェイ様のお父様に言われました。前回お会いした際は侯爵様とお呼びしていましたが爵位はご長男様が継ぎました。

「ジェイ、ルビナさんを悲しませるようなことをしてはいけませんよ」

ジェイ様のお母様もモリソン子爵家とのことを知っているようでした。

「ジェイ良かったな！」

「可愛い妹ができるのは嬉しい」

ジェイ様のお兄様たちも歓迎してくれました。両親たちは今後の話をすると言ったので、ジェイ様と出かけることになりました。

「これでお互いの家への報告は終わりですね」

「はい」

「後戻りはできませんよ？」

「ふふっ、しませんよ」

「家族に報告というのはなかなか疲れますね。さすがに緊張しました。カフェに入ってお茶を飲みませんか？」

「はい、いいですね」

そっと手を出すジェイ様にどうすればいいかわかりません。

「手を繋いでも構いませんか？」

「は、はい」

手を繋いで歩き出しました。道行く人に見られているかもしれません。

「いい天気ですね」

「はい」

緊張気味で会話が続きません。

「到着しました。ここはミルクレープが美味しいようですよ」

「美味しそうですね、それにします」

コーヒーと紅茶、ミルクレープを二つ頼みました。

「ジェイ様は甘いものを召し上がるんですね」

「はい、訓練で疲れたときには皆でケーキを食べたりもしましたよ。緊張から解放され、せっかくなのでルビナ嬢と食べられたらと思いました」

「ふふっ。ジェイ様がご友人とケーキを？　大きな体でケーキを食べる姿を想像すると愉快ですね」

「しかも一つや二つではなくホールで食べている奴もいました」

「まぁ！　すごいです！」

「はじめは男たちだけでカフェへ行くのは勇気がいりましたが、慣れてくると平気になってしまい月に二、三回は行きました」

ジェイ様の愉快な友人の話をしていると注文した品が運ばれてきました。

「このクリーム美味しいですね。友人たちにも勧めたいと思います」

「それはいいですね。良かったら帰りに私の店にも寄ってください」

「友人にジェイ様のお話をしました。改めて紹介をしてもいいですか？」

「はい、お待ちしていますよ」

お互いの家族に紹介がすみ、本日から真剣交際がスタートしました。

第三章 交際します

お付き合いをはじめて一ヶ月、今日はジェイ様のお屋敷に来ました。

庭を散策中のことでした。

石畳の段差につまずき転びそうになったところをジェイ様に助けられました。

「危ない、ルビナっ」

「あ、ありがとうございます」

少しの段差だったのに思ったよりも足が上がっていないのかもしれません。

「気をつけてくださいね。ここは段差があるのか……。女性の歩幅だと」

ぶつぶつと何かを言うジェイ様。

「少し修繕が必要なようです。早速手配をします。どうしました、ルビナ嬢？」

「え、えっとジェイ様がルビナって呼んだので……」

「え、あ！　すみません。驚いてしまってつい！」

ふるふる。と頭を振ります。

「嬉しいです」

呼び捨てというのは特別感があります。距離が縮まりそうな？　感じです。

「ルビナとお呼びしてもいいですか?」

「は、はい、どうぞ」

ルビナと呼ばれることにより、壁がまた一段と低くなったような気がします。嬉しいけれど照れてしまいます。照れ隠しにそっと手を繋いでみました。ジェイ様も応えるように握り返してくれました。

＊＊＊＊＊

屋敷で働く者たちは、そんな主人の姿を微笑ましく見守っていた。

「あれですね、遅く来た青春?」

「春が来たってやつですかね?」

少し主人を揶揄《からか》い、自分のことのように喜んでいた。

「お嬢様は日に日に美しくなっていますよね」

「伯爵様もさらに忙しくなっているな」

「取引先が増えているし」

「コホン、サボってないで手を動かしてください」

執事長に注意される者までいる。

「「はい、すみません」」

「主人が家にいるというのにまったく……」

といつつも執事長も微笑ましく思っている。

「坊ちゃんにもようやく春が来たか……。さて、お茶の準備はどうなっていますかね」

庭の散策の後はお茶をする。レオナルドから大量にお茶が送られてきていて、この国にはない花のフレーバーのお茶は令嬢に人気があるようだ。

＊＊＊＊＊

「いい香りですね」

「爽やかな香りがしますね。しかしまた大量に送ってきましたね。気に入ったのなら夫人や友人に持っていかれますか？」

どっさりと送られてきましたね。早く飲まないと湿気ってしまっては勿体ないです。

「いいのですか？　このハーブティーはリラックス効果もありそうだから喜ばれそうです」

「そうですね。あちらでは令嬢に人気ということなので、レオはルビナにと送ってきたのだと思いますよ。ルビナに飲ませてほしい。と書かれていました」

はい。と言って渡された手紙を読みます。五種類もあるのですね。お花のフレーバーにフルーツフレーバー、ハーブブレンド！

「お礼の手紙を書かなくてはいけませんね」

「そうですね。喜ぶと思います、私が預かりますよ」

お礼の手紙を書きジェイ様に渡しました。

レオ様から頂いた紅茶は、珍しい物でとても気に入り、早速お茶会に出すことにしました。本日のお茶会のメンバーはソフィアさんとお兄様の婚約者シンシアさんです。

「いい香りですわね」

「香り高くて癒されますね」

「ジェイ様のお屋敷にたくさん送られてきて分けてもらいました。帰りにお渡ししますね」

シンシアさんに旅行のお土産を渡しました。なかなか会う機会がなくてお兄様に渡してほしいとお願いすると、本人から渡された方が嬉しいと思うよ。と言われたので、渡すのが遅くなりました。シンシアさんにはシルク生地のポーチとハンカチを選びました。

「まぁ、素敵。ありがとうございます。楽しい旅になったようですね」

「はい。ジェイ様が今度シンシアさんにも挨拶をしたいと言っていました」

ジェイ様とのお付き合いはお兄様を通じて知っています。

「こちらこそ喜んで。とお伝えくださいね。ルビナさんもソフィアも将来の相手が決まって良かったわ」

ソフィアさんも婚約が決まってお披露目会をするとのことで私も招待されました。ジェイ様に声を掛けたら、一緒に行ってくれるようです。初めてパートナーとして出席するので、ドレスをプレゼントするとジェイ様は張り切っています。パートナーにドレスを贈るのはよくあることなので、有り難く受け入れました。

＊＊＊＊＊

「ルビナはどういったドレスがいいですか？」

「重くないものがいいです」

「そればかりですね」

ジェイ様をパーティーに誘ったことにより、早速デザイナーさんとの打ち合わせが始まりました。デザイナーさんは軽やかな素材を使ったふんわりとしたドレスを提案してくれました。

「ドレスのスカート部分はふんわりとさせて、上半身はシンプルに、ボレロを着て華やかに仕上げましょう」

基本はピンクでブラックを差し色に使うことによってただ可愛らしいだけではなく、締まる感じになるそうです。

「黒はデュランド伯爵の色ですからね」

「ジェイ様の髪色ですものね」

ふふっ。ジェイ様の色を使えるなんて嬉しいです。

「地味ですみません」

「地味じゃありませんよ！　シックで素敵です。ジェイ様にお似合いです」

「ふふっ。仲がよろしいですね。ルビナ様のようにお若い方が黒色をうまく取り入れてくださると、世の中の黒髪・黒い瞳の方からは感謝されることになるかもしれませんわね」

黒いドレスもないことはないけれど華やかさには欠けるので若い令嬢たちの間では避ける色でもあります。デザイナーさんはあれやこれやと考えて、黒のフリルやレースを使ってくれました。そのドレスを着ているとソフィアさんの婚約パーティーで、いろんな方に声をかけられました。

黒を差し色に使うドレスは大当たりで、首飾りなどのアクセサリーも黒色が受け入れられるようになりました。ジェイ様の支援している領地ではパールが有名でブラックパールが今回の件で人気が出たんですって。

ジェイ様はパールを使ったアクセサリーをお店で販売するようになっていたので、人気が出て完売するほどの人気となりました。広告塔？　としては嬉しい限りです。

「もう結構です……」

ある日ジェイ様のお屋敷に行くとバッグやアクセサリー、靴といった女性向きの小物がたくさん並んでいました。私へのプレゼントのようですが……。多すぎます。使いきれないのです！

「ルビナが身につけると売れるんだよ？」

デザイナーさんもにこにこと微笑みながらスケールを持っていました。これはドレスも新たに作るんですよね？

「でもこんなにいりませんよ！」

お父様はもらっておけばいい。なんて言っていましたが、もらいすぎて申し訳ないレベルです。

お父様もお母様も〝また増えたね〟なんて呑気に言い出す始末です。

〝そういう商売をされているのだから諦めなさい〟ってお母様は言いました。

私が使わなくなった物をメイドたちにあげてもいいってジェイ様は言うけれど、ジェイ様からもらったものをあげるのも気が引けますし……。それに全て可愛くて気に入っています。

「前にも言ったけど私にもメリットがあるって話は覚えているかな？」

「香水の話が出たときですね」

例の香水は結局販売することはありませんでした。すごく気に入った香りだったから、残念に思っていたら私専用にして同じレシピで今後販売するつもりはないんですって。

香水と同じ香りの石鹸やバスオイルまで作ってくれて、いつもあの香りに包まれているのです。

「ルビナが身につけるとクラスで話題に上がるだろう？　ルビナのクラスは令嬢ばかりで流行りに敏感だから、こういってはなんだけど食いつきがいいんだよ。口コミのすごさを知ったよ」

たしかに流行りには敏感ですし、令嬢たちは新しいものを日々求めています。そしてお茶会で話をしてくれるのです。

「だからといって、毎回プレゼントをしていただくわけには」

「……報酬だよ。前回のブラックパールは予想を上回る売り上げだった」

アクセサリーにしたり小物に取り入れたり、一時はブラックパールが市場から消えたみたいです。私が身につけていると、〝珍しいアクセサリーですね〟と、ある夫人に声をかけられました。隣にいたジェイ様がパールについて話しはじめると耳を傾けていた令嬢が〝どちらで買えますか？〟と聞いてきました。

ジェイ様は〝まだ試作段階です〟と言うと、購買意欲が湧いてきた令嬢が手に入れたくなって、それがどんどん広まって……。予約が殺到した。というのが事実です。ソフィアさんも気になっていたようで、ジェイ様のお店で予約をしてくれました。

「学園を卒業したら今までどおりというわけにはいけませんよ？」

私は来年学園を卒業するんですよ？　わかっているのかなぁ。

「うん。それはもちろん知っているよ」

「広告塔の意味がなくなってしまうのはおわかりですね？」

「……？　どうしてか聞かせてもらえる？」

「学園を卒業すると毎日のように友人たちと会うことがなくなります」

「そうだね」

「だからですよ！」

不思議そうな顔をするジェイ様。

「お茶会にはよく招待されているよね？　今は参加する夜会も少ないけれど、これからは増えるだろう？」

……!!

「そ、そうですね。忘れていました」

「学園を卒業したら結婚するために侯爵家に通ってくれると聞いていますよ？」

ジェイ様のお母様は私が卒業をしたら結婚するまでの間、領地から戻ってきてくれて、お付き合いのある家を教えてくださります。

「母はお茶会が好きですからね。身につけてどんどん紹介してください。レオからもお茶を輸出したいと話が上がっていますから、あのお茶も紹介してくださいね。私はこんなに可愛くて商品をアピールしてくれる婚約者がいて幸せ者ですよ」

「……精一杯ジェイ様のお店のアピールをします」

負けました。

「頼むよ」

頬にキスをされて恥ずかしくなりました。デザイナーさんたちの目が……。

「あ、もちろん気に入らないものや、好みではないものを身に付けなくていいから」

ジェイ様は私より私の好みを把握していると思います。

「ルビナが身につけていて楽しくなるものを選んでほしい」

ドレスの生地を選びながらジェイ様が言いました。

「そんなことを言われたら断れませんね」

「可愛い姿のルビナを見るのが私の趣味でもある。売り上げに協力してくれて一石二鳥だよね」

私の仕事はジェイ様のお店の宣伝係です。


「今日お呼びしたお客様は我が家と懇意にしている家の令嬢なのよ」

本日はジェイ様のご実家でお茶会です。ジェイ様のお兄様の奥様ジュリアンヌ様もいらっしゃいます。

「ルビナさん、そんなに緊張しなくても大丈夫よ」

ジュリアンヌ様は優しい方で、私が侯爵家にお邪魔している間もよく声をかけてくださいます。

「はい、ありがとうございます」

「ルビナさんが来てくれると、息子たちが喜ぶからいつでも遊びにいらしてね！　私も妹ができて嬉しいのよ」

「ジュリアンヌ様、ありがとうございます。私もお姉様ができて嬉しいです」

ジュリアンヌ様は二人の男の子のお母様。面倒見がいい方でお世話になりっぱなしです。

「私も嬉しいわ。息子ばかりでむさ苦しかったところにいい子たちがお嫁に来てくれたのだもの」

むさ苦しいだなんて……。ジェイ様もお義兄様方も清潔感のある素敵な方ですのに。

「さぁルビナさん、お客様をお出迎えしましょう」

「はい」

お義母様に言われ、お客様をお迎えしました。侯爵家と懇意にしている家の令嬢が五人。そしてお茶会は始まったのです。


「うちの三男ジェイの婚約者で、ローゼン子爵家のルビナさんよ。みなさん仲良くしてね」

「はじめまして、ローゼン子爵が娘ルビナと申します。よろしくお願いいたします」

挨拶をすると招待された令嬢たちも自己紹介をしてくれました。みなさん私よりも少し歳上でしたが、仲良くしていただけるといいなと思いました。

お義母様の姪であるアリス様は伯爵令嬢で、半年後にご結婚予定です。ウェディングドレスの生地はジェイ様のお店で注文したらしいです。おっとりとした優しい方で昔からジェイ様を知っているとお聞きしました。

「ジェイ様とは幼い頃から遊んでいましたので、よく知っているのですよ。伯母様のお茶会に招待していただいてお話をしていたから、お兄様のような感じですね」

お義母様はお茶会がお好きで、親戚の方を呼んでいたとも聞いていました。

「ジェイ様の昔の話を聞かせていただけますか？」

アリス様に聞いてみました。ジェイ様の子どものころ……。気になります！

「ええ。もちろんですわ。ジェイ様は読書が好きで寡黙な方でしたのよ。芸術書を読んでいらしたのが印象的ですわ」

「昔から変わらないのですね。今も芸術家の方と交流をされていますもの」

「劇団の公演もジェイ様の声掛けの成果と聞きましたわ。わたくしも今から楽しみにしていますのよ」

公演は大好評で今年は二回目の公演となるのです。アリス様は穏やかでお話好きのようで、お友達になれそうね。と言ってくださいました。嬉しいです！

「結婚式にはジェイ様といらしてね」

「はい。喜んで」

お茶会を楽しんでいるとジュリアンヌ様の長男マルクさんが挨拶に来ました。みなさんに挨拶をして、私の隣に座りました。私が初めてのお茶会だから心配してくれているのでしょうね。

「ルビナお姉ちゃん後で一緒に本を読もうよ」

「ええ。マルクさんの選ぶ本はとても興味深い内容ですもの。勉強になりますわ」

マルクさんは現在十歳で他国の文化に興味があるようで、ジェイ様に少し似ています。

「まぁ。子どもの読む本を読んで勉強になるだなんて子爵家ではどういう教育をされているのかしら？」

くすくす。と笑う令嬢。お義母様やジュリアンヌ様に聞かれないような小さな声でした。

「ルビナお姉ちゃん、気にしなくていいから」

こそっとマルクさんが耳打ちしてくれましたがまったく気になりません。

「私はマルクさんと本を読んでいる時間が好きですから気になりませんよ」

笑顔で答えました。

「ジェイ叔父さんに相手にされなかったから、ルビナお姉ちゃんに嫌がらせしているんだよ」

こそっとマルクさんが言いました。

「おばぁ様はお茶会が好きだから、よく来ていたけれどジェイ叔父さん狙いだったんだよ。ジェイ叔父さんは相手にしなかったけどね」

「な！　聞こえていますわよ！　いくらジュリアンヌ様のお子さんでも失礼ですわ！」

「失礼なのはあなただよ。ルビナお姉ちゃんはジェイ叔父さんの婚約者だし叔父さんは溺愛？しているしルビナお姉ちゃんをバカにするような発言も聞こえた。ジェイ叔父さんがこの話を聞いたらどうするかな……？　なんでお茶会に呼ばれたかわからないの？」

「マルクさん、騒ぎを起こすのは……」

令嬢の顔が……あきらかに怒っています。

「いいんだよ。ジェイ叔父さんに相手にされないからルビナお姉ちゃんに嫌がらせしてくるのは想定内だった。もし嫌がらせをしてくるようなら、もう親戚付き合いはしないという警告だよ」

「……え？」

令嬢が驚くように呟き目は見開いていた。

「そりゃそうでしょ。おばぁ様も、母上もわかっているんだ。叔父さんが面倒くさくて令嬢たちと関わらなかったのをいいことに、自分が婚約者だと言わんばかりにジェイ叔父さんにまとわりついていた」

……知りませんでした。ジェイ様から聞いていませんもの。

「ルビナお姉ちゃんの悪い噂を流そうと頑張っていたようだけど、誰も相手にしなかったから広がらなかったよね？　あなたは家にも見放されているんだ」

悪い噂って……？

「ルビナお姉ちゃん、ごめんね。すぐ終わらせるから」

ま、マルクさん？　黒い笑みを浮かべて……。

「ルビナお姉ちゃんに何かをしようとしても無駄だから……。ジェイ叔父さんはそういうのも全部対応しているから、これも持って帰ってね」

何かの小瓶？　ですね……。マルクさん一体……？　その小瓶をポイっと令嬢の元に転がしました。

「検分も済んでいるよ。あなたの家族が協力的で助かったよ」

マルクさんの話は続きます。

「家族？　もしかしてっ！」

ガタンっと席を立つ令嬢。

「あなたの実兄に決まっているよね。あなたのことは目に余っているようで、おばぁ様に相談をしてきたようだよ？　あなたより家を守ることを選んだ。この瓶の中身は別の液体に変えてあるから、口にしても害はない。しかし入っていた中身は違法だからちゃんと処罰は必要だよね」

大人顔負けに饒舌なマルクさん。足を組んで瓶を摘み弄ぶ様な仕草です。その瓶の中身が違法の液体？　なんですよね！　危険なのでは⁉

「なんのことか……」

真っ青な顔の令嬢……。

「とぼけたって無駄、あとは自分の家で沙汰を待つといい。母上、それでいい？」

「えぇ。残念だわ。まさかハドソン侯爵家のお茶会に物騒なものを持ち込み私たち家族に盛ろうとするなんてね」

冷たく告げるジュリアンヌ様。いつものジュリアンヌ様とはまったく違います。お義母様もその様子を見て頷いていました。

「これを飲んだらどうなるのか、自分で試してみる？　これをルビナお姉ちゃんに盛った時点で、うちを敵に回すことになるんだから、犯罪者の家族はどうなるか考えた？　良くて取り潰し、悪くて一族みんなの命はない」

にこりと微笑むマルクさん。

その後令嬢は〝やめて！　許して、悪気はない〟〝ジェイ様に会わせて、わかってくれる〟と言いながら連行されました。私は呆然と立ち尽くしていました。

「ルビナさん、ごめんなさい。驚いたでしょう？　みなさんも断罪劇を目の当たりにして驚いているわよね？」

こくん。と頷く令嬢たち。

「ジュリアンヌ様、これは一体……」

口にするとお義母様が説明をすると言いました。

「私はお茶会を通じて侯爵家を支えてくれる方々と懇意にしているの。でも中には悪意を持っている子もいるのよ。侯爵家と懇意にしているからといって、態度が大きくなったりする家もあって困っているの。もちろんここにいる子たちは無関係よ。今退出させた子は主人の親戚にあたる伯爵家の子でジェイを狙っていたの。あ！　ジェイは早々に断っていたから安心してね」

「はい」

にこりと笑うお義母様。連行された令嬢は美しい方でした。

「あの子には何度も注意をしてきたの。アリスも何度か嫌がらせをされていたわね？　アリスの婚約者は伯爵家の嫡男で、自分はジェイとうまくいかないものだから陰でアリスに当たって……。本当バカな子」

アリス様を見ると苦笑いをしていました。事実のようです。

「うちの息子たちはむさ苦しくても侯爵家の子だから、縁を繋ぎたい家や令嬢たちが困ったことにたくさんいてね、長男、次男の相手を決めるときもあれやこれやで大変だったわ。ジュリアンヌさんが現在の侯爵夫人ですから、今日この場で何かあったら収めなさい。と言ってあったの。侯爵家の夫人なんて優しいだけじゃ務まらないし厳しい対応を求められるの。みなさんも結婚して夫人になるのだから、こういった場面に出会わすことがあるかもしれない。今日はみなさんを巻き込んで悪かったわ」

頭を下げるお義母様。

「伯母様、勉強になりましたわ。彼女には困っていたのですもの、みなさんもそうですよね？」

アリス様が言うとほかの令嬢も頷いていました。それにしても……。マルクさんって？　チラリとマルクさんの方を見るといつものように、にこっ。と笑った。

「お茶が冷めてしまったみたいだね。ルビナお姉ちゃん新しく淹れて？　僕ルビナお姉ちゃんが淹れてくれるお茶が好きなんだよね」

レオ様から頂いたお茶を丁寧に淹れてみなさんにお出ししました。マルクさんはこのお茶を出したかったのを察してくれたのね。

「まぁ、美味しい」

「香り高いお茶ですわね」

「どちらのお茶ですの？」

「ルビナさんがご用意してくださったの？」

質問攻めにあいました！

「あ、はい。このお茶はジェイ様のご友人から送られて来たお茶です。たくさん頂いたのでお義母様に許可を頂いてお出しいたしました」

今回は二種類持って来たので、二杯目も楽しんでもらうことにしました。ジェイ様好評ですよ。

「どちらで買えますの？」

来ました！　広告塔の出番です！

「これはまだ販売前の品で、輸入が始まったらジェイ様の知り合いのお店で取り扱いという形になると思います」

ジェイ様のお店で食品は扱っていません。香水の取り扱いをしているので、茶葉を置くことができません。せっかくの茶葉に香水の匂いが混ざると茶葉が台無しになります。ですので知り合いのお店で販売すると聞いています。窓口はジェイ様らしいですけれど。

「まぁ。楽しみですわね！」

「本来なら販売前の茶葉ですが、皆様のお土産にと思いお持ちしましたので、お帰りの際にお渡しいたしますわね」

ふぅ。これでお茶の紹介は終わりました。令嬢断罪劇の後でお茶の説明に持ってこられるとは思っていませんでした。マルクさんは美味しそうにお茶を飲んでいました。

先ほどの令嬢に触れることなく、お茶会は終了となりました。

「ルビナお姉ちゃん、本を読もう。約束したよね？」

マルクさんに誘われたので、侯爵家の図書館へ行きます。

「おばぁさまはお茶会が好きだから、よくお客さんを招いていたんだ」

図書館に着き、いつものソファにマルクさんと座りました。

「はい。よくお茶会をされていたと聞いています」

お茶会という名の情報交換会。女性は集まってお話しするのが大好きで、もちろん私も友人たちとのお茶会は好きです。

「お茶会って夫婦揃っての場合や女性のみを招待する場合があるんだけど、夫婦で来る場合はまだいいんだ。女性だけのお茶会ってすごいんだよ。マウントの取り合いがさ」

貴族社会の恐ろしいところです。うちは子爵家なので高位貴族のマウントと聞くだけで、背筋が凍りつく思いです。

「想像ですが……。恐ろしいと感じますね」

「僕は子どもだから、何を言ってもわからないと思われていたんだと思うけど、おばぁさまや母上がいなくなったらすごいんだよ。さっきの令嬢がまさにそうだけど、幼い頃から嫌いだった。ジェイ叔父さんもわかっていたと思うよ。おばぁさまが早く相手を見つけてほしいと言って令嬢を紹介していたけれど、いい人は早く相手が見つかるから」

笑いながらマルクさんは言います。アリスさんもほかの方もみなさん優しくておっとりとした感じの方。という印象です。みなさん婚約者がいましたね。それに……。

「マルクさんは幼い頃から大人の嫌なところをたくさん見てきたのですね……」

大変でしたでしょうに、だから先ほどのように大人顔負けの断罪が……？

「ふふっ。そうなんだ。でも侯爵家の嫡男に生まれたからしょうがないよ。外側だけではなく内面を見なきゃ生き残れない。って、言われるんだけど、本当にそう思うよ。ジェイ叔父さんがルビナお姉ちゃんを好きなのがよくわかるよ」

「え？　マルクさん……」

「僕のこと、一人の人間として見てくれるでしょう？　侯爵家の嫡男とか関係なしに本を一緒に読んでくれたり、お茶をしてくれたり、話を聞いてくれたり。ルビナお姉ちゃんといると気を張らなくてもいいし、子どもでいていいって思えるから」

侯爵家の嫡男だとは思っていますよ？　でもマルクさんはマルクさんです。そう思い首をかしげる。

「それに下心なしで褒めてくれるし。なんとなくわかるんだよね……。そういう感じ。ジェイ叔父さんもそういうところに惹かれたんだよね？」

チラッと振り向くとジェイ様が近くまで来ていた。

「！　ジェイ様？」

「迎えに来た。母がよからぬことを企んでいるのではないかと、気になって」

「もう来ちゃったのかー！　せっかくルビナお姉ちゃんと本を読もうと思っていたのに」

ちぇっ。とマルクさんが言いました。

「嫌なことがあっただろう？　ルビナにそんな物を見せるな！　と母に注意して来た。義姉さんも母に付き合うことはないのに……。マルクはますます兄上に似てくるな」

ジェイ様はマルクさんの頭をわしゃわしゃと撫でた。

「子どもの頃から大人の汚い部分を見ておけって言ったのは父上だよっ！　その父上が僕はジェイ叔父さんに似ているって言うけど？」

「グローバルな視点で物事を考えられる力や、コミュニケーションが求められる場面が今後多くなるから、留学していろんな経験をしておきたかった。と話をしていた。兄上も留学をしたがっていたんだが、あの頃は国境周辺が物騒だったから叶わなかったんだ。だから私が留学したいと言ったときは快く行かせてくれた。マルクも反対されないだろう？」

「うん。行って見聞を広めなさいって。ジェイ叔父さんの様に自由な発想や付き合いは大事だって言っていた」

ジェイ様のお兄様は寛大な方ですね。ご自身も行きたかっただろうけれど、快く送り出してくださる方。

「兄上は何かをしたいといっても反対はしない。諦めるくらいなら言うな。と言われるぞ。マルクが本当に留学したいのなら帰って来たときに行ってよかった。と思えるよう努力しろよ」

「うん。ジェイ叔父さんみたいに留学中は真面目に勉強して友達を作って、帰って来てからのんびり相手を探すよ」

「いつ出会いがあるかわからないから、そこはノーコメント！」

友達同士の様な会話ですね。思わず笑みがこぼれました。

「ふふっ。ジェイ様とマルクさんは仲がいいのですね」

「ルビナとマルクも仲良く見えたけど？」

「ルビナお姉ちゃんは僕にとって優しくて可愛いお姉ちゃんだから、許してくれなきゃ心が狭いって思われるよ？　母上も妹ができて嬉しいって言っているし、父上もルビナお姉ちゃんに泊まっていけばいいと言っていたから、もう家族だよね」

ジェイ様のご実家の方はいい方ばかりです。

「ルビナは無害だからな……」

貴族の派閥とか？　親同士のあれこれとか？　ありませんものね。侯爵家に居座るだなんて恐れ多いです。

「侯爵家は敵も少なからずいるからね。あ、例の令嬢はまだジェイ叔父さんのこと諦めてなかったみたいだよ！」

「ちゃんと断っていた……。ルビナ変な誤解はしていないだろうね？　あの令嬢とはまったく、誓って何もないからね」

ギュッとジェイ様が私の手を繋いできました。

「はい。大丈夫です。マルクさんが守ってくれましたから」

マルクさんにありがとうございました。と言って微笑んだ。

「ルビナお姉ちゃんの役に立てて良かったよ！　って、ジェイ叔父さん怖いんだけど……」

ジェイ様の方に視線を向けると微笑んでくれた。

「ジェイ様もありがとうございます。私の悪い噂が流れようとしたのを止めてくれたのはジェイ様でしょう？　モリソ、」

モリソン子息との婚約話。と言おうとしたら、唇に人差し指を差されました。

「それはもう過去のことだから、忘れよう。そんな噂を流したところで自分に返ってくるだけだ。だから今回のことが起きた。それに私はそれも含めたルビナを愛していると伝えたよね？」

「ジェイ様……」

頬にキスをされました。ジェイ様のご実家でこんなことをしていると背徳感が……。

「ちょっと、いちゃいちゃするなら帰ってくれる？　よく甥の前でキスなんてできるね。ジェイ叔父さんがルビナお姉ちゃんを好きだってことがよくわかったよ！　ルビナお姉ちゃん、またね！　今度こそ本を読む約束だからね」

マルクさんに追い出されるように帰されてしまいました。

～ジェイ視点～

「あら、ジェイ来たの？」

「今執事から聞きましたよ！　ルビナの前で物騒な真似をしないでください！」

入るなり、母を責めた。

「こんなことはこれからある。と知って欲しかったの。あの令嬢ったらジェイの妻になる気満々で、侯爵家の名前を使って無理やりドレス工房に予約なしで入ったり、自分より格下の身分の令嬢を貶したり最近は特に酷かったのよ。ルビナさんが元婚約者を平民に落としたとか、ジェイを誑かしたとかという噂を、」

「ありえません！　そんな噂が出回ることのないように手は打ってありました。兄上や義姉上にも協力していただきました！」

するとと義姉上が呆れた口調で言った。

「元婚約者とのことはともかく、ジェイ様に頼まれて私の方でも噂にならぬように、各方面に通達しておきましたし、噂にならなかったのが証拠です。ルビナさんは家族の一員ですから全力で守ります。マルクがすっかり懐いてしまうなんて驚きました。ジェイ様はいい子を見つけましたわね」

マルクは子どもの頃から大人の汚いところを見ているので、精神的に大人びている。外見を取り繕うだけの人間を見抜く力がすでに備わっている。

「……ルビナは気の弱いところがあります。暗部は見せたくないと正直思いますが、母上と義姉上にフォローしていただきたいと思います。よろしくお願いします」

母と義姉上に頭を下げた。

「はい。お任せください」

「もちろんよ」

義姉上と母からの返事が返って来た。

「ジェイの結婚相手となると、侯爵家との付き合いは切っても切れない関係になりますから、ルビナさんには覚えてもらいたいことがあるのよ。そうじゃないとルビナさんやジェイが恥をかきます。ジュリアンヌさんも助けてくれるしルビナさんは素直だから教え甲斐があるわよ、ねぇジュリアンヌさん」

「えぇ、ルビナさんは一生懸命でいい子ですわよ。でもいい子すぎると困るところもありますから……。ね」

義姉はいい子すぎると周りに騙されたり、嵌められたりすると言いたいのだろう。特にマウントをとりたがる貴族たちのカモになるかもしれない。と言いたいのだろう。

「そういう汚いところはルビナに見せたくありませんが……。これからは嫌でも目に入ってしまうでしょうし」

「ルビナさんは伯爵家の妻として屋敷を切り盛りしていかなければなりませんからね。使用人が足りなければそちらに回すから、執事長に言いなさい。信用できる人間を育てるのは大事。それには信用できる人間に育てさせるのが一番よ」

ルビナを女主人として尊敬してくれる使用人が必要だし、ルビナにはそれに応じる女主人になってほしい。質の悪い使用人やルールを守れない使用人は必要ない。

侯爵家の女主人として培って来た経験で母は言ってくるのだから間違いない。侯爵家の使用人はそうやって育てられ、侯爵家で働いていることを誇りに思っている。そういう家でありたいと思った。

「ジェイ様、ルビナさんはマルクと図書館に居ますよ。私たちと話が終わるとマルクはすぐにルビナさんと図書館に行くのよ。マルクはルビナさんが好きなんですって。もちろんお姉様としてね」

「……そうですか。家族として認められてルビナも嬉しいでしょうね。そろそろルビナを迎えに行って来ます」

「ええ、ルビナさんにまた来週お待ちしています。と伝えてください」

＊＊＊＊＊

「お義母様良かったですね。ジェイ様がこうやって来てくださるようになって」

「ええ。留学に行ってから呼ばない限り近寄らないし、夫からもらった爵位も領地なしを選ぶし、店をするといってもうまくいくかもわからなかったし、王都郊外の土地を買って植物園を開くとか何を考えているかさっぱりわからない子だけど、落ち着いたみたいね」

「お店の売れ行きも順調ですし、植物園は市民の憩いの場になっています。劇団を呼んだりバレエ団を呼んだり忙しそうですけど、楽しそうですわよね」

「気楽な三男と揶揄されていたけれど、あの子がやりたいことをして成功しているのだから親としては見守りたいわ。私もあの子に甘いわよね」

「こうやってルビナさんが侯爵家に通ってくれるようになって、ジェイ様も顔を見せてくれることを思うと、婚約者で男の人は変わるのですね」

「ジェイは面倒を見たいタイプだったのね。ルビナさんの持ち物はほぼジェイからのプレゼントなんですって。ローゼン夫人とこの間お会いしたときに聞いたのよね……」

「まぁ……。ジェイ様は貢ぐタイプでしたのね。それだけルビナさんがお好きなんでしょう」

「大事にしているみたいだから、いいんじゃないの？　ルビナさんを泣かせることがあったらボコボコにしてあげましょうか」

「武力では敵わないので、マルクに精神的に痛めつけさせるというのはどうですか？」

「いいわね、それ。子どもに言われるのが一番酷よね」

「そんなことはさせませんよ、ご安心を」

スタスタと部屋に入り、忘れた帽子を取った。

「ルビナを傷つけるくらいなら自分が傷ついた方がマシです。それでは失礼」

「ですって。お義母様！」

「あれよ！　長年恋愛してなかったから加減がわからないのね。大丈夫かしら？」

「……大丈夫ですわよ。ルビナさんも受け入れているのではないですか？」

二人でコロコロと笑っていた。

その頃図書館では――。

「っくしゅ」

「ルビナお姉ちゃん寒い？」

「何かしら？　急に寒気？　が」

キョロキョロと辺りを見渡すルビナだった。

第四章　学園祭

~ジェイ視点~

「え？　学園祭ですか？」

「今年は何をするの？」

今日はルビナとピクニックに来た。秋晴れで心地のいい日だった。芝生の上にシートを敷いて隣合わせに座っていた。寒くなる前に冬物のコートをプレゼントしたいのに買い物は嫌だと言われてしまった。質のいい毛皮が入って来たのになぁ……。絶対に似合うのに。

「例年どおりカフェですよ。去年人気だったので学園側からもそれでと言われているそうです」

それは困った。困ったぞ！　揃いの衣装を身に包み、ルビナたち生徒が茶を淹れて手作りの菓子を出す。人気が出るのはわかる。なんといっても可愛い！

特にルビナはシルバーヘアーで儚げで優しくて人当たりもいい。自慢の婚約者なんだが、それをほかの男に見せたくない！　しかし楽しそうに話すルビナには言えない。

「カフェは一日だけだったよね？」

「学園祭は人気があってチャリティにも繋がるので今年から催し物は二日間になりました。お茶の準備やお菓子の準備が大変なので、人数制限をすることになります。なくなり次第終了です。

ジェイ様も来てくださいますか？」

「もちろん行くよ。義姉上やマルクも行きたいと言っていたから来るかもしれない。義姉上はルビナと同じ学科を卒業しているから懐かしいと言っていた」

それは絶対に行く！　前日までに仕事を終わらせて必ず行く。

「まぁ！　ジュリアンヌ様とマルクさんが？　それは嬉しいですわ」

マルクはルビナがお気に入りだから学園でのルビナを見たいんだとさ。ルビナもマルクと仲良くしているし、喜ぶと思ったさ。

「一日中席をリザーブって無理なのかな……」

心配だ。エプロン姿のルビナは可愛い。

「それはやりづらいですね。ずっとジェイ様に見られるなんて……」

「嫌？」

「クラスのお友達に揶揄われてしまいますよ。でも……、嫌じゃない、です」

なんて可愛い生き物だろうか！　頬をピンクに染めて恥ずかしがるなんて。

「ルビナ、」

呼ぶと照れながら顔を上げて来た。そっと顔を近づける。

「だ、だめです、誰が見ているかわからないのに」

ルビナは恥ずかしがって、ぽすんと私の胸に頭を預けてきた。耳まで赤いとは……。キスはお預けとなったけど頭部にキスを落とした。

「いい風だなぁ」

と言いながらも少し肌寒くなってきたので、持って来たショールをルビナの肩に掛けた。

「ふふふ。可愛い柄ですね。ジェイ様ありがとうございます」

暖かい素材のショールで、膝掛けにもなる。ルビナ専用にして馬車の中に置いておこう。あぁ、残念ルビナが離れてしまった。のんびりとしていたら、メイドがお茶を出してくれた。そしてルビナと目が合い合図をしていた。

「何かを頼んであった？」

「えぇ」

「何？」

「来てからのお楽しみです」

「ルビナ様、お待たせいたしました」

皿に並べたクッキーだった。

「はいジェイ様、あーん。してください」

ひとつ手に取り私の口に近づけるルビナ。言われたとおりに口を開け食べさせてもらった。サクッとした口当たりでバターの香りがするシンプルなクッキーだった。

「もしかしてルビナが作ったのか？」

「はい。家で練習をしました。ジェイ様にも食べて頂こうと思って持って来ました」

素朴で優しい味わい。美味しい！

「お口に合いませんでしたか？　チョコチップクッキーもありますよ」

するとまた口に入れてくれた。苦めのチョコを使っているのか。美味いな。

「次はシェフから教わった紅茶クッキーです」

放っておくと口に入れてくれる仕組みなのか……。なるほど。これも美味いな。

「どれが一番お口に合いましたか？」

じっと見つめてくるルビナ。はぁ、可愛い。

「全部美味しかったよ。今まで食べたクッキーの中で一番美味いよ」

「もう！　答えになってないではないですか」

「本当だって！　三種類も大変だっただろう？　ありがとう」

「いつものお礼です。ジェイ様からはもらってばかりですもの。そうだ、もうひとつありました」

ポシェットから包み紙が出てきて渡された。

「これは？　開いてもいいのかな？」

「はい、どうぞ……」

やけに緊張しているルビナの前で丁寧に包装された包みを開く。

「ハンカチ？」

それは大判のハンカチだった。

「はい授業で刺繍をしました。提出していたものがようやく戻ってきて……。ジェイ様のことを考えながら刺繍しました」

イニシャルと家紋が入っていた。

「細かいところまで大変だっただろう？」

「やり甲斐がありましたし、点数はA評価でした」

婚約者からもらう刺繍したハンカチ……。こういうシチュエーションに憧れていたのはナイショだ。嬉しいものだ。

「大事に使わせてもらう、とても嬉しいよ」

ハンカチはA評価をもらったというだけあってとても細かい刺繍がされていて、ルビナの人柄がわかる物だ。大事に使うと言ったが使わない、いや使えない。私は単純だな……。

「ところで、さっき私にもと言ったがほかの誰かにもクッキーを渡したのかな？」

それは聞き捨てならないぞ。

「お兄様です！　今年も来られないのです。去年クラスで出したお菓子は学園の厨房で教えてもらいながら皆で作ったのです。練習で作ったお菓子に持ち帰ってもよかったので、お兄様に学園祭の雰囲気を味わってもらいたくて、お兄様とお茶をしていました。お兄様はお茶を淹れるのがとても上手で、小さい頃からお兄様みたいに自分でお茶を淹れられるようになりたいと思って練習したんです。ふふっ。シンシアさんなんてお兄様が淹れるお茶の方がおいしいと言っていつもお兄様がお茶の準備をするのですって」

「今年もルーク殿は来られないのか。それは残念だろうね」

あのシスコンが来られない理由とはなんだろうか。何があっても絶対に行く！　と言いそうなのに。

「仕方ありませんよ。学園祭の日はシンシアさんの実家で狩猟大会が行われるのです。その後は収穫祭があって、去年は疲れて帰ってきました。シンシアさんのお兄様がパワフルな方で相当お酒を飲まされたと言っていました」

秋の行事か。収穫祭は領民にとって楽しみのひとつだ。さすがに妹大好きシスコン男でも学園祭を優先させるわけにはいかないだろう。納得。

～学園祭初日～

「ルビナお姉ちゃん」

「マルクさん！　ジュリアンヌ様！　来てくださったのですね」

ジェイ様から来るとは聞いていたけれど、本当に来てくれるなんて！

「まぁ。なんて可愛らしいのかしら。皆お揃いの衣装なのね。レースのエプロンがとても可愛いわ！　いいわね。学生時代を思い出すわ」

ジュリアンヌ様も同じ学科だったと聞きましたから懐かしんでいる様子でした。

「夫も来られれば良かったのだけど、仕事でトラブルがあって来られなかったの。とても来たがっていたのよ」

「まぁ、それは残念です。寄付金も多く出されていると聞いていますし、校長先生もお会いしたかったことでしょう」

立ち話もなんですし、空いた席に案内しました。先生が見回りに来てトラブルがないかをチェックしていました。

「あら！　もしかして、ジュリアンヌさん？」

「先生！　お久しぶりですわ」

「ルビナさんの関係者なのかしら？」

先生は私を見て言いました。

「ルビナさんは主人の弟の婚約者で、私にとって妹のような存在です。この子は私の息子でマルクと言います、マルクご挨拶してちょうだい。お母様の学生時代の恩師なのよ」

マルクさんは挨拶をして先生は嬉しそうな顔をしていました。生徒の子どもを紹介されるのは嬉しいのでしょうね。お二人の会話はとても弾んでいました。

「マルクさん、今からお茶の準備をしますから少し待っていてくださいね」

「うん」


～マルク視点～


ここがルビナお姉ちゃんの教室か。令嬢しかいないというからジェイ叔父さんも安心だろうね。みんなお揃いの服を着ているけれど、ルビナお姉ちゃんが一番可愛い。もちろんきれいな人も可愛い人もいる。でも楽しそうで一生懸命なところを見ると、ルビナお姉ちゃんが一番だね。

ルビナお姉ちゃんは友達と話をしている。あれは確か……。伯爵家の令嬢に子爵家の令嬢、それに男爵家の令嬢だな。

雰囲気が似ているのでルビナお姉ちゃんに危害を加えるとかはなさそうだよね。このクラスの令嬢たちからは悪意とかは感じないし、いいクラスなんだろうね。へぇ。侯爵家の令嬢もいて帳簿らしきものを付けている。担当があるんだろう。

ルビナお姉ちゃんは接客担当みたいだけど、さっきからチラチラとルビナお姉ちゃんを見ている男たちがいる。ルビナお姉ちゃんは視線に気が付いていないのかな？

「マルクさんお待たせしました。おすすめはミルクティーです。お茶の種類は――」

学園のカフェなのに本格的なカフェのように種類があるんだな！

「ルビナお姉ちゃんのおすすめがいい」

「それではジャスミンミルクティーにしますね！」

ルビナお姉ちゃんはお茶を淹れるとき、すごく楽しそうだよね。

「お待たせしました」

母上と先生はまだ話に夢中だから、先に飲ませてもらおう。

「ミルクがふんわりとした優しい味わいになって美味しいよ」

初めて飲む味だった。ルビナお姉ちゃんにも座ってほしいけれど、接客中だからダメなんだって。残念。

「お菓子もどうぞ。これは私が焼いたものですよ」

バタークッキーとチョコチップクッキーを出してくれた。

「これも美味しい。ルビナお姉ちゃんはお菓子も作れるんだね」

「ふふっ。クッキーしか作れませんよ？　でも美味しいと言ってくださってありがとうございます。お客様が増えてきたので接客してきますが、何かあったら呼んでくださいね」

ぺこりと頭を下げてクラスの令嬢の元へ戻って行った。

それからほかの席の客にお茶を淹れていた。お茶を淹れている間は話しかけられたりするんだ。

ふーん、面白くないっ!!

ルビナお姉ちゃんはお茶を淹れてまた次の席へ行った。話しかけられてルビナお姉ちゃんが困った顔をしている。こういうときのために先生がいるんだろうけど……。まだ母上と話をしているし。お茶を淹れたルビナお姉ちゃんは挨拶をして席を離れた。このカフェ、人気が出るのがわかる気がするけど護衛が必要じゃないか？　しつこい男とか絶対いるだろう？　と思っていた。早くジェイ叔父さんが来ればいいのに、何をしているんだろ。あ、ルビナお姉ちゃんが！

「この後一緒に学園祭まわらない？」

「ごめんなさい」

「なんでー？　可愛い子と一緒に楽しみたいだけだよ、少しでいいから、休憩とかあるよね？」

あの男は……。見たことがある。どこかの伯爵家の……。あぁ、わかったぞ！

「困ります。私には婚約者がいますのでごめんなさい」

ルビナお姉ちゃんは困りながらも断っていた。

「真面目か！　婚約者に黙っていればいいだけだよ。せっかくだから遊ばなきゃ、」

「ルビナ」

「あ、ジェイ様。今来たのですか？」

「遅くなってしまった、ゴメン。ところで君たちは私の婚約者に何か用でも？」

「い、いえ。ありません」

たじろぐ男たち。

「君は確かボナリー伯爵子息……、かな？」

「え、あ、はい」

「伯爵とは会う機会があるから君のことも聞いているよ。私の名前はジェイ・デュランド」

「デュランド伯爵……」

と言うと子息は固まった。

「もう一度問うが私の婚約者に何か用かな？」

「滅相もありません！」

「そう？　それでは失礼」

ジェイ叔父さんはルビナお姉ちゃんの肩を抱いた。いいタイミングで助けに来たねぇ。ルビナお姉ちゃんが僕のいる席に案内してきた。

「マルク来ていたのか」

「ジェイ叔父さん、ナイスタイミングだったね！　あと少し遅かったら僕が行こうと思っていたのに」

「お前が出ると面倒なことになるだろう。ハドソン侯爵家の嫡男なんだぞ」

「誰が誰に声をかけたかちゃんとわからせるくらいだよ。ジェイ叔父さんだって伯爵家当主だよ！　何言ってんの？」

ボナリー伯爵家の領地で起きた水害で侯爵家もジェイ叔父さんも支援していた。こういうときは助け合い（恩を着せる）だよね。

ルビナお姉ちゃんが誰と婚約をしているか知らないなんて、バカだよね？

＊＊＊＊＊

休憩時間になりました。ジェイ様は先ほどの子息の両親が来て、一緒に出ていってしまいました。ジュリアンヌ様は学生時代の友人と偶然会ったようでお話に花を咲かせていました。

「マルクさん良かったら、一緒に学園祭を見てまわりませんか？」

ジェイ様がいるのなら一緒に過ごしたいと思いましたが忙しそうなので、ジュリアンヌ様に言付けを頼み、マルクさんと学園祭をまわることにしました。明日もジェイ様は来てくださるので、そのときには二人で……。

「うん。行きたい！　ルビナお姉ちゃんはいつも何をして過ごしているの？」

教室から外に出ました。

「お友達とお茶を飲みながらお話をしたり、図書館で本を借りたりしています。図書館の本は持出禁止などの貴重な本などもあるので週に何度か足を運びます」

「ルビナお姉ちゃんは本が好きだよね」

「ええ。好きですね。マルクさんと同じです」

いつものように他愛のない会話をしていました。

「ここは何をしているの？」

ええっと、確か話題になっていた催し物です。

「巨大迷路だそうです。他国で流行っているようで二年の官吏科クラスが数か月かけてつくったそうです」

数か月前から準備をしていて作業しているところを見たことがあります。すごく大掛かりだとみなさんも感心していましたもの。

「面白そうだね」

「マルクさんはこういったものがお好きですか？」

「うん。ルビナお姉ちゃんは？」

「苦手だと思います。迷子になって出られなくなると思います……」

「出発から三十分以内に脱出できない場合は受付で渡された時計のアラームが鳴るんだって。へー。それで三十分経つと係の人が迎えに来てくれるんだって」

「それは安心ですね。タイムの早い人は景品がもらえると書いてありました。マルクさんやってみたいですか？」

「うん。でも一人ずつしか入れないみたいだからやめようかな、ルビナお姉ちゃんが迷子になると困るからね」

「それなら迷子になったら助けに来てくださいね。約束してくださるのなら迷路に入りましょうか？」

「うん。必ず迎えに行くよ！」

必ずって。マルクさん私が迷子になるのを見据えていますね。それなら、と。まず私から迷路に入ることになりました。

「僕はとっとと迷路を攻略するつもりだからルビナお姉ちゃん、先にどうぞ」

マルクさんなら有言実行といったところでしょうね。

「わぁ……。これは迷わない方がおかしいわね」

どこをみても同じような作りです。

とにかく足を進めることにしました。

「あれ？　また行き止まり……？」

元の通路に戻ることにしたのだけれど……。

「なんでスタート地点に戻っちゃったの？」

それならば、と、先ほど行ったであろう道の逆を……。

「あ、あれ？」

ここどおりませんでしたっけ？　手元の時計を見ると三十分経過……。って！　無理だわ。私にこの迷路を脱出するなんて無理なんだわ。タイムオーバーがわかりがっくりとしていました。

……あれ？　アラームが鳴るのですよね？　なんで鳴らないの？　きょろきょろと周りを見る

けれど人はいないのに声だけが聞こえてきます。

【クソ、また行き止まりか！】

【ここどこ？】

みなさん迷っているようです。あっ……。また行き止まりです。

疲れてきました……。

二度とここから出られないのではないでしょうか……。

この迷路を解体するときにようやく見つけてくれるとか……。

疲れてしまって行き止まりでしゃがみ込みました。マルクさんが迎えにきてくれると言ったので、待っていた方が早いような気がしました。空を見上げると青空で……。

「いい天気だわ」

と呟いていた。

ジェイ様、心配しているかしら？　もう一人で迷路に入ることはしません……。そう思っていたときでした。

「ルビナ！」

「ルビナお姉ちゃん、どこー？」

この声はジェイ様とマルクさんです。

「ルビナ！　近くにいるなら返事をしてくれ」

「ルビナお姉ちゃん！」

顔を上げました。約束どおり迎えに来てくれたみたいです！　嬉しくなり大きな声を上げました。淑女としては失格かもしれません。

「ここです！　ジェイ様、マルクさん！」

「ジェイ叔父さんこの壁の向こうじゃない？」

「ルビナ、いるのか？」

どんどんと壁を叩くジェイ様に壁をノックしてここです。と返答した。

「そこから動くなよ」

「はい」

「周りに人はいないか？」

「はい、いません」

「マルクは脱出できるよな？　出口で待っていてくれ」

「はいはい。ルビナお姉ちゃん、あとでね！」

「え？　えぇ、あとで？」

ジェイ様は何をする気なのでしょうか？

軽快な足音が聞こえてきて、ジェイ様が壁を乗り越えて来ました！

「きゃぁ！」

ジェイ様が華麗に飛ぶ姿……。着地も軽やかです。

「じ、ジェイ様……」

バクバクと心臓がうるさいです。

「ルビナ！　良かった」

ジェイ様に抱きつかれてしまいました。

「悪い、先ほどの子息の両親に捕まってしまった……」

「いえ、マルクさんとジェイ様を待たずに出歩いてしまった私が悪いです」

「いや。マルクと一緒ならいいんだ。ルビナは方向オンチなんだね。心配だから迷路は一人で入らないでほしいかな」

そういってジェイ様は笑いながらそっと離れていった。でもちょっと寂しい気持ちになりました。

「はい。迷路は苦手なようです」

ジェイ様の腕をギュッと両手で掴んだ。

「迎えに来てくれてありがとうございます」

「マルクからルビナが出てこないと聞いて心配したよ。アラームが鳴る仕組みだろう？　なんで鳴らなかったんだろうね？　運営に一言いっておこう。また迷子が出たら大変だからね」

頭をポンと撫でられました。優しい大きな手です。

「ジェイ様？」

「ん？」

「空飛ぶジェイ様はとてもかっこよかったです。それに迎えに来てくれて嬉しかったです」

背伸びをしてジェイ様の頬にキスをしました。学園なのに大胆でした！　恥ずかしいとかより嬉しい気持ちが勝ってしまいました。

「……ルビナに危機があれば必ず助けに行くよ」

ジェイ様からお返しと言って額にキスをされました。私の婚約者は世界一かっこいいです！

それからジェイ様は難なく迷路を攻略しました。

「ジェイ様、どうしてこうも簡単に脱出しちゃうんですか！」

「法則があるんだよ。ルビナも覚えておいた方がいいかもね。囚われて迷路に閉じ込められるかもしれないから」

そんな場面あります？　迷路に閉じ込められるだなんて。

「私が迷ったらジェイ様が迎えに来てくれるので、必要ありませんね」

ふふっと笑うと、それもそうか。とジェイ様は言いました。

手を繋いで、迷路から出るとマルクさんが待っていました。

「……またいちゃついていたの？」

呆れ口調で言いました。

「そんなことはしていませんよ」

私は否定をしたのですがジェイ様は……。

「そうかな?」

と言って頬に指を当てた。ジェイ様に自分からキスをしたことを思い出してかぁっーっと顔が赤くなりました。

「……していたんだね。ルビナお姉ちゃんは顔に出やすいから気をつけた方がいいよ」

「もう、ジェイ様っ!」

「いいじゃないか。それよりマルク早々に知らせてくれてありがとうな」

そうでした! お礼を言わなきゃ。

「マルクさん、探しに来てくれてありがとうございました」

「なんでアラームが鳴らなかったんだろうね。ルビナお姉ちゃんみたいに出られなくなる人がいたら困るから、係の人に伝えておいたよ。迎えに行くのが遅くなってごめんね」

マルクさんとジェイ様は同じようなことを言いました。マルクさんがすでに係の人に報告してあると言いました。せっかく楽しい催しものなのだから、備品には細心の注意をしてほしい。と言ったら係の人は手元にある時計を全て確認していたようなので、今後そういったことは起きないと思う。ですって。たまたま調子の悪い時計に当たっただけのようです。

「あ、これ景品だけどルビナお姉ちゃんにあげるよー」

「マルクさんすごいです！　何分で脱出しましたか？」

「五分以内だったと思う。十分以内で早い脱出だって聞いたよ」

景品はくじ引きだったようです。高級裁縫セットでした。

「とても高級な品だと思います！　有名店のハサミも！」

このハサミは軽くて切れ味抜群という人気のもの。決して買えない金額ではないのだけど今あるものでも十分だと思っていました。

「だって僕いらないし……。くじ引きだったんだよ。もらってよ」

「ルビナ、もらっておいたら？　マルクが持っていてもしょうがない物だし、マルクもその方が喜ぶよ」

ジェイ様がそういうのなら。

「マルクさん、ありがとうございます。遠慮なくいただきますね！」

その後マルクさんへのお礼にと、もらった裁縫セットでブックカバーを作って渡したらとても喜んでくれました。ジェイ様は面白くなさそうな顔をしていました。だから……。

「すごくハサミが軽くて使いやすくて……。これはジェイ様に」

クッションカバーを渡しました。ジェイ様の植物園のバラをモチーフにしました。

「ワンポイントなので男性の方が使ってもいいかなと思いまして」

ジェイ様はとても喜んでくれました。書斎で使ってくれるそうです。

お返しにと結局毛皮のコートをもらってしまいました……。とても暖かいです。

第五章

旅行に誘われました

季節は移り変わり春になりました。緑が生き生きと輝いています。

「湖に行かないか？　デートをしよう」

デート！　それはもちろん行きたいです。

「はい。楽しみです」

ジェイ様に誘われた湖は王都からだと遠いので一泊する予定だそうです。マルクさんはいいなー僕も行きたい！　と言っていましたが、ジェイ様に今度どこかに連れていってやるから今回は諦めてくれ。と言われ渋々諦めていました。

一泊するような遠出は久しぶりだったのでとても楽しみです！

……あ、でもお父様は許してくれるのかしら？　婚約者とはいえ、お泊まりですもの。

「ジェイ様？」

「どうかした？」

「私は行きたいと思うのですが、お父様の許可を得てからでないと……」

ん？　ジェイ様に余裕のある顔で私を見ている。

「もちろんローゼン子爵からは許しを得ているよ。だからルビナが行きたいと思ったのなら二人で楽しもう」

「は、」

はい。と返事をしようとしたところで……。

「ねぇ、ジェイ叔父さんはルビナお姉ちゃんを迎えに来たんだよね！　もう帰ったら？　なんでいつもいちゃついてから帰るの？」

「マルクさん！　いちゃつくだなんて……」

「ルビナお姉ちゃん、世間ではそれをいちゃつくって表現するんだよ。もうさ、結婚式早めたらどう？　卒業と同時に結婚しなよ。その方が僕もジェイ叔父さんの家に遊びに行けるから」

マルクさんってば……。卒業と同時に結婚だなんて。

「結婚式を早めるのは簡単だが、ルビナが家族と過ごす時間も大事だ。それに婚約期間中だからこそ、デートをするのが楽しいんだ。いつかマルクにもわかる日が来るさ」

ジェイ様は私と家族のことも考えてくれる優しい方で、またジェイ様に対する好きが増えていきます。にこにことジェイ様とマルクさんの話を聞く。

「わかる日が来るかな……。まだ想像もつかないや」

そして帰る準備をしていたらジュリアンヌ様が見送ってくださいました。

「ルビナお姉ちゃん！」

私をルビナお姉ちゃんと呼ぶのはマルクさんとマルクさんの弟のアーサーさんです。アーサーさんは六歳でとっても可愛らしい男の子です。

「アーサーさん。お勉強は終わったのですか？」

「うん！　ルビナお姉ちゃん遊ぼう」

「あら……、私はもう帰るところでしたのよ。また今度遊んでくださいますか？」

しゃがんでアーサーさんと同じ目線になります。

「えー！　もう帰ってしまうの？　寂しいよ。一緒にご飯食べようよ。僕食事マナーを先生に褒められたんだよ？」

食事マナーを習得すると家族以外とも食事をすることができます。マナーを間違えると相手を不快にしてしまう可能性がありますので、貴族はマナーが最重要とされています。侯爵家となるとそれは厳しいでしょう。

「へぇ、もう褒められたのか、それはすごいな。努力した甲斐があったな」

ジェイ様がアーサーさんの頭を撫でました。

「ジェイ様、ルビナさんもよかったら晩餐を一緒にどう？　ルビナさんの家には私から連絡するわ」

ジュリアンヌ様に言われてジェイ様を見る。

「ルビナどうする？」

「ジェイ様がよろしければご一緒しましょう」

「義姉上、それではお言葉に甘えます。ルビナの家に連絡お願いします」

「ええ。お義母様も喜びますよ。晩餐までに少し時間があるからアーサー、ルビナさんに遊んでもらいなさい」

「うん！　ルビナお姉ちゃんお庭に行こう」

「案内してくださるのですか？　ジェイ様行きましょう」

アーサーさんに手を繋がれました。小さな手は本当に可愛らしいです。

「ジェイ様は私と来てもらいますわ。お話がありますのよ」

ほほほほほっ。と笑うジュリアンヌ様。ジェイ様は行っておいでと言ったので、お言葉に甘えました。

「ルビナお姉ちゃんこっちだよ！」

「まぁ！　本当にきれいですね」

色とりどりのヒヤシンスでした。見た目にも豪華で艶やかですね！

貴族の庭園はお金をかけてお客様に楽しんでもらうところでもあり、自慢の庭を披露するためにガーデンパーティーをしたりすることもあります。ジェイ様が作った植物園は身分問わず誰でも入ることができるのですが、近々一部分を除いて休園するそうです。

「ジェイ叔父さんの植物園にも行ってみたいなぁ。ルビナお姉ちゃんは何度も行ったことがあるの？」

「ええ。ジェイ様に連れていってもらいました。レストランもオススメですよ」

「父上にテーブルマナーを認められたら、外で食事ができるようになるからルビナお姉ちゃん一緒に行こうね」

「はい。ぜひ」

その後はご家族揃っての晩餐となりました。アーサーさんは上手にナイフとフォークを使っていて皆が微笑ましい様子でした。

「アーサー、その様子なら合格だな。今度みんなで外食に行こうか？」

侯爵様が言うとアーサーさんは喜んでいました。

「ルビナお姉ちゃんとジェイ叔父さんの植物園のレストランに行く約束をしたから、ルビナお姉ちゃんと行ってもいい？」

ち、ちょっとアーサーさん？　ご家族を差し置いてそれはさすがに……。

「そうなのか？　ジェイの店なら安心だ。ルビナさん頼むよ」

「ルビナお姉ちゃんと行くなら僕も行く」

マルクさんまで⁉

「二人とも本当にルビナさんに懐いているわね。ルビナさんに迷惑をかけちゃダメよ？　ルビナさんお願いしてもいいかしら？」

行くのは構いませんが、私に任せて大丈夫なのでしょうか？　などと考えていたらマルクさんに言われました。

「どうせジェイ叔父さんも来るから心配しなくてもいいよ」

ジェイ様を見ると頷いていた。

「ジェイが子どもたちを預かってくれるなら、その日は夫婦でデートでもしようか？」

侯爵様がジュリアンヌ様に言ったらジュリアンヌ様も喜んでいるようでした。

「ダシに使われたね。しかし兄上には世話になっているから、ルビナも協力してほしい。いいかな？」

こちらこそいつも侯爵家にはお世話になっているので、答えはもちろん喜んで。です。ジェイ様はマルクさんとの約束が植物園ですむのなら、願ったりだ。と言って笑いました。


〜ジェイ視点〜


「ジェイ様、マルクから聞きましたよ。ルビナさんと仲がいいのはいいことですが、子どもの前では控えてください！」

マルクのやつが何か言ったのか？

「マルクめ、余計なことを。しかしいつもどおりですよ」

「そろそろルビナさんのドレスのデザインを教えてくれないと宝飾類が間に合いません！　宝飾

類は侯爵家から用意させてもらうことに決まりましたからね」

全部用意すると言ったのに、実家もルビナの家も何かしたいと言い、ルビナの家はベールを。宝飾類は実家から、という話になった。ベールはルビナの母上がレースを編む。と言ってルビナのために編んでいる。内緒にしてほしいと言われたけれどこの話を聞くとルビナは喜ぶだろう。

かたや、実家の女性たちはというと……。母上と義姉上たちが宝飾店を呼んでいた。

『結婚式だから豪華にしましょう』

『絶対ダイヤモンドです』

『それなら全部ダイヤモンドで統一する？』

そこまではよかった。実家で用意するのだから金銭的な心配はいらない。

『これ、すごいわよ？』

『わぁ。本当ですね、これなら目立つこと間違いなし！　花嫁が主役ですもの』

どれどれ？　と実物を見るとたしかにすごい……。しかし実際に手に取ると非常に重い。

『却下です！　こんな重たい物をつけると肩が凝るし頭は重いし耳も伸びてしまいますよ！』

主役はルビナなのに、ダイヤモンドが大きすぎる。ルビナは華奢だからこんな大きな宝飾はいらない。

『一生に一度のことなのにケチってどうするのよ！　え？　まさか……、二度目がある』

『母上さすがに怒りますよ？』

などといったやりとりがあり私は怒って帰ったのだ。そして大人気なかったかと少し反省し、今に至る。


「これ、デザイン画です」

ドレスのデザインを見せないと、無駄に派手にされてしまう。あくまでもルビナがメインだ。

「まぁ、可愛いわね～！　ルビナさんのイメージよ！」

そうだろうとも！

「デザイナーと何回打ち合わせをしたと思っていますか？　細部にまでこだわったルビナのための世界に一着だけのドレスです！」

「ティアラは侯爵家のものを使いましょう。ハドソン侯爵家に嫁ぐときは皆使っていますから、一族の証です」

「はい。ありがとうございます。お願いします」

そのティアラは侯爵夫人が使用許可を出さないと使えないものだ。兄の妻もティアラをつけていた。知るものは知る侯爵家の宝のひとつである。

「この前の件では反省しています。ルビナさんは妹のように思っているのに全然参加させてもらえないものだから、つい皆でせめて宝飾類だけは！　と意地になってしまいました。ドレスに合わせた最高級のものを用意すると約束します」

義姉上が笑っていた。結婚式の準備を手伝ってくれるというのに、全部自分でしようとしていた。ルビナにドレスはどんな感じがいい？　と聞くと、照れながら私に選んでほしい。と言った。

『ジェイ様の方が私の好みを知っているから、ジェイ様に任せた方がいいものができそうですね』

と照れながら笑った。

可愛いがすぎる！　だから張り切りすぎてしまったのだろうか……。家具などはルビナの好みそうなものを何点か用意させて選んでもらっている。ルビナの悩んでいる姿の可愛いことといったらない！

「結婚式はガーデンパーティーにしたいからと春にするのでしょう？　あのバラが咲き誇る時期ですものね」

あのバラに名前はなかった。これを機に【ルビィーホワイト】と、名をつけた。ルビナを別の国の呼び方にした。

ルビィーなんだか、ホワイトなんだか、色合いがわからない。と言われたが〝ルビナという白いバラ〟と言ったら庭師に爆笑されてしまった。

「ええ。庭園を整えたいのでしばらく植物園の一部は休園としますが、リニューアル後はまた訪れた人たちが喜んでくれるようにしますので、そこは内緒にしておいてください」

植物園でのガーデンパーティーとしかまだ言っていないが、とても喜んでくれた。ルビナは植物園をとても気に入っている。

＊＊＊＊＊

今日はマルクさんとアーサーさんを連れて植物園に来ました。

「はいルビナお姉ちゃん」

マルクさんが先に馬車を降りて手を差し出してくれました。

「まぁ！　ありがとうございます」

マルクさんは紳士ですね。さすが侯爵家の嫡男というか、スマートすぎて感激しました。

「おいマルク、それは私の特権だぞ」

ジェイ様はアーサーさんの手を繋いでいました。アーサーさんは元気いっぱいなので目が離せませんものね。

「ジェイ叔父さんはアーサーの世話で大変だろう？」

アーサーさんを見ると早く植物園の中に入りたそうでした。

「預かったからにはちゃんと世話する。アーサーもマルクも一人で行動しないこと！　走ってはダメだぞ、ちゃんと言うことを聞かないともう二度と（ルビナと）出掛けることはないと思えよ」

「「はーい」」

「ルビナお姉ちゃんいこっ」

わくわくした様子のアーサーさんに手を繋がれて植物園に入りました。そんな様子も可愛らしいですし、植物園は何度来ても楽しいものです。

「アーサーはいいな。僕もルビナお姉ちゃんと手を繋いで歩きたいよ」

「おまえはもう十歳だろう？」

「やっぱりダメか」

「アーサーも手を繋ぐのは本当はやめてほしいところだが、ルビナがいいのなら止められない」

「心が狭いね。ジェイ叔父さん」

「どこが狭いというんだ？」

「そういうところ？」

「ジェイ様、マルクさん、先に行っていますからねー」

「え！　待ってよ、ルビナお姉ちゃん！」

「マルク！　走るなよ！」

「すぐ行くから先に行ってて」

マルクさんは走ろうとしたのだと思いますけれど、ジェイ様に走ってはダメだと言われて立ち止まりました。急がなくていいですよ。と手を振って答えました。しばらく歩くとお気に入りのバラ園があるはずでした。でも現在改装中となっていて周りは近寄れないようになっているのです。

「あら？　バラ園は改装中なのですね。残念です」

周りのお客さんも仕方がないからと、諦めていました。ここが有料だったら文句も出るでしょうけれどそうではないので文句が出ていないのかもしれませんね。それにまだ見どころはたくさんありますものね。

「アーサーさん、チューリップを見に行きましょうか？」

「うん！」

「たくさん歩きましたが、アーサーさんは疲れていませんか？」

「うん！」

「マルクさんも大丈夫ですか？」

「もちろん」

アーサーさんはまだ幼いですし、慣れない外出は急に疲れが襲ってきたりしますよね？　園内は広いですし見どころはたくさんありますからいっぱい歩きます。

「そろそろ休憩がてらランチにしようか？」

「はい」

レストランまでは坂道と階段になるので、ジェイ様はアーサーさんをおんぶすることになりました。いくら元気でも幼い子どもの体力では大変ですもの。

「ルビナお姉ちゃん大丈夫？」

「はい、ゆっくり行けば大丈夫です。マルクさん、私に構わず先に行ってもいいですよ？」

「ううん。風景を見ながら行く」

道中にもお花が咲いていていてのんびり歩くのも悪くないですね。マルクさんは私に気をつかって歩調を合わせてくれました。元気な男の子ですからこれくらいの坂や階段は問題ありません。

「はぁ、やっと上まで来ましたね」

「ルビナお姉ちゃん、このレストランには来たことがあるよね？　いつもどうしていたの？」

はぁ。はぁ。と息をする私を見ながらマルクさんは不思議そうな顔をしました。

「それはジェイ様が腕を貸してくださったり、手を繋いでくださったりです。自分一人で登ってきたのは初めて？　ですね」

登り切った感があります！

「女の人一人じゃ疲れちゃうよね。でもこれだけ登ってくると景色が違うね。風も心地いいし上から見ると、チューリップが絵になっているんだね！」

「えぇ！　素敵ですね」

マルクさんとチューリップを眺めているとジェイ様が来て言いました。

「すごいだろ？　登らないとわからない。ここは貴族向けレストランだけど、市民向けの展望台も作ってもいいかもしれないね」

「それは喜ばれますね」

「そうだといいな。またゆっくり見るとして、中に入って休憩しよう」

案内された場所は外側が大きなガラス張りになっている個室でした。太陽の光が心地よく入ってきて明るい雰囲気。少しジェイ様の屋敷のサンルームに似ている気がして落ち着きます。

アーサーさんは外食が初めてだから人がたくさんいると緊張するかもしれないので、私たちだけでのんびり食事をするみたいです。アーサーさんは上手にナイフもフォークもスプーンも使えていました。これならどこで食事をしても恥ずかしくないレベルですね。

うちは子爵家で高位貴族の方とこうやって食事をする機会がありませんでしたので、ジェイ様との婚約を機にマナーの先生に習っています。高位貴族の方のマナーとは違う点も多々ありますし、お義母様やジュリアンヌ様とお茶会を通じて学ぶこともあります。私はとても恵まれていると思いました。

植物園を楽しんだあとは、二人を侯爵家に送って行きました。アーサーさんは遊び疲れて馬車の中で眠ってしまいました。

「ルビナお姉ちゃんまたね！」

「マルクさん今日は楽しかったです。アーサーさんにも伝えてくださいね」

ジェイ様はアーサーさんを抱っこしていて、侯爵家に着くと護衛の方にアーサーさんを頼んでいました。

「アーサーはこのまま寝かせてあげましょう。マルクお利口にしていた？」

お義母様が迎えに出てきて子ども扱いされて少し不貞腐れるマルクさん。

「えぇ、まぁ」

お義母様は笑いながらこっちを見ました。

「ルビナさんも子どもたちの相手疲れたでしょう?」

「とても楽しかったです。マルクさんは私に合わせてゆっくり歩いてくれましたし、アーサーさんもジェイ様の言うことを聞いてとてもいい子にしていました」

「そう? 良かった。ジュリアンヌさんたちももうすぐ戻って来るわ。あなたたちはどうするの?」

時計を見ると夕方です。忙しない時間帯ですからそろそろ帰らないといけませんね。ジェイ様を見ました。

「私たちは帰ります。兄上によろしく伝えてください」

「そう? 気をつけて帰りなさいね。今日はお疲れ様」

お義母様とマルクさんに挨拶をしてジェイ様と馬車に乗りました。

「ルビナ、疲れただろう? 家で相手をするのとは違って外だと余計に気をつかうものだね」

侯爵家にいると安全ですものね。今日のお出掛けは護衛やメイドたちがいてもやはりケガをしないかなど気をつかってしまいました。二人はちゃんと言うことを聞いてくれたのでケガなどなく楽しむことができました。私とお兄様の子ども時代とは大違いです。お兄様のあとを追いかけてよく転んで泣いていたものです。

「二人ともジェイ様の言うことを聞いてくれたので心配いりませんでしたね。それにしても二人とも大人びていますよね？　私の子どもの頃とは大違いですもの」

　ふふっと笑う。

「ルビナの子どもの頃か……。想像しただけで可愛い。何をして遊んでいた？」

「かけっこをして転んで、石に躓いて転んで……。かくれんぼでお兄様が見つからなくて寂しくなって泣いて。あれ、運動も苦手だし、方向音痴だし……。マルクさんたちとは大違いですね。ジェイ様の子どもの頃は何をしていましたか？」

　うーん。と考えるジェイ様。

「マルクは侯爵家の後継として教育されているから、私の子どもの頃とも違うな。長兄は教師をたくさんつけられて、元々優秀だけどとても努力をしていた。二番目の兄は騎士になるために鍛錬をしていて侯爵家の護衛にしごかれていた。そんな兄たちを見ていて、恥ずかしくないように勉強を頑張っていた……。でもどこか窮屈で外に出たいという気持ちが大きくなって、外国の文化に触れてもっと知りたくなって、色んな人と話をしたくて今があるんだよなぁ。留学に行けるのは気楽な三男だからとも言われていたけれど、兄弟仲は良かったからよく庭で遊んでいた。兄たちに感謝しかない」

「ジェイ様は今のマルクさんのようですね。マルクさんは留学できますかね？」

「マルクがそれを望んでいるんだから、留学するさ。マルクに負けていられないから私も頑張るよ。ルビナ応援してくれる？」

「もちろんです」

ジェイ様の努力は続くのですね。

「ルビナ……」

甘い雰囲気になってきました！　あ、ジェイ様のお顔が近付いて……。ってダメですから！

ジェイ様の口に手を当てた。

「……まだダメ？」

「…………」

私は顔に出るのでジェイ様と……、く、口付けなんてしたら家族にどんな顔をしていいかわかりません
「頬ならいい？」

こくん。と、頷く。

軽めに頬に触れてくるだけのキスをされました。

「……結婚式まで、」

「お預けだね……」

サラリとジェイ様は言いましたけど、結構勇気がいったんですから。キスなんてしてしまった

らもっとジェイ様を好きになってしまいます。

「ルビナに内緒にしていたんだけど、実はバラ園にいろいろと手を加えている。結婚式までルビナはお預けだな」

ジェイ様は言いましたが、バラ園は十分素晴らしかったですよね？　まだ手を加えるなんて、ジェイ様は忙しいのにいつ眠っているのでしょうか？

お預けって……、それにしても……。

「私に何かできることはありますか？　ちゃんと睡眠を取れていますか？」

「ルビナは十分に手伝ってくれているよ。屋敷の帳簿を確認して屋敷のことも手伝ってくれているし、助かっているよ」

食費や光熱費、使用人の給料。屋敷に関わっている業者のリストを新たに作り直しました。そうすることにより支出がよりわかりやすくなり、覚えやすいのです。運動は苦手だけど計算は得意な方です。東洋から入ってきたそろばんという計算をする道具がとても便利で、学園でも流行っています。最近は執事長と一緒にパチパチと音を立てながら弾いています。

「まだ学生で婚姻前なのに帳簿を見せていただいてありがとうございます。ジェイ様お疲れですか？」

目頭をギュッと摘んでいました。

「目の疲れかな。たまにあるんだ」

それなら、と！

「ジェイ様どうぞ！」

膝をポンと叩く。

「ん？　何？」

「少し目を瞑ってください。今度の旅行でお休みを取るためにお仕事を頑張ってくれているのでしょう？　横になってください」

無理やりジェイ様の頭を膝に乗せました。

「重いだろうに……」

笑いながらもジェイ様は私に従ってくれます。

「目を瞑ってください」

膝の上にあるジェイ様の頭を撫でてみた。

「辛かったらすぐに言って」

こういうときでも私に気をつかってくれます。

「大丈夫ですから、目を瞑ってください」

小さい頃にお母様に歌ってもらった子守唄を歌ってみた。

「いいね……」

そう言ってジェイ様は少しだけ寝息を立てました。

「いつもありがとうございます。大好きですよ」

ジェイ様の頭にキスをした。


〜ジェイ視点〜


今日はルビナと約束をしていた旅行だ。馬車の中ではしゃぐルビナを見ると連れてきて良かったと思う。

「山がこんなに近くに！　空気がおいしく感じます。あのお花も可愛いですね。わぁ！　雲が近いです」

「いやぁ。ルビナがこんなに喜んでくれるとは連れてきて良かったよ。この辺りは水もきれいで食事も美味しいよ。観光都市として最近は特に人気が高い」

今日はホテルに泊まる予定で、荷物を置くためにまずホテルへ向かっていた。

「こんなに美しい風景ですもの。人気なのがよくわかります」

ホテルに着くと、外国人風のカップルがフロントで揉めていた。

「何かトラブルですかね？」

「そうみたいだね」

ふとカップルの男性と目が合う。

『部屋を譲ってくれませんか！』

どういうことだ？　急に言われても困る。目が合っただけなのに。

『今日は夫婦の記念日で、お忍びで旅に来ました。五年前は予約なしでも泊まれたのに、今では予約制になっていて……』

そうか観光都市となったからか……。わざわざ他国まで来て泊まれないというのは気の毒だがここは譲れない。

「ジェイ様？　なんて言っているの？」

外国語だからルビナには内容が伝わっていないのか。

「今日は夫婦の記念日で、お忍びで旅行に来たそうだよ。ホテルの部屋が取れなくて困っているらしいんだ」

「まぁ！　それは大変です。ジェイ様、私の部屋を譲ってあげてください」

「え？　ルビナの泊まる部屋が、」

「私は別のホテルでも侍女たちと一緒でも構いません。だって困っていらっしゃるのでしょう？」

ルビナをほかのホテルに泊まらせるなんて絶対に無理！　侍女と同じ部屋で泊まるなんて許可できない。

じぃーっとルビナが私を見てくる。

「……ルビナがほかのホテルに泊まるのも侍女と同じ部屋というのも私は反対だ。ルビナ、今夜は私と同じ部屋で過ごそう……。変なことは誓ってしない」

「変なこと……ジェイ様っ！」

「それしか譲る方法はないよ？　せっかくの旅行なのにルビナと離れるのは嫌だ」

負けずに、じぃーっとルビナを見る。

「っわ、わかりました」

こんなトラブルもいいだろう。

『お待たせしました。お困りのようですね。私の婚約者が部屋を譲ってもいいと言っています。観光地として人気が出てきたのでホテルは予約制になってしまいましたから、五年前とは勝手が違って驚いたことでしょう』

『助かります！　あなたの婚約者にお礼を伝えてください』

握手を求められたので応じた。夫人がルビナに感謝を伝えていた。言葉は通じないのに何となく伝わっているようで夫人もルビナに握手をしていた。

フロントに話を通して部屋を譲ることになった。せっかくの旅行なのでいい部屋を取っておいたが支払いは問題なさそうだな。明らかに裕福な夫婦といった感じだ。

『お礼をさせてほしい』

と引き止められたが、大したことはしていない。ルビナがそうしてほしいと言ったから譲っただけ。そしてルビナと同じ部屋で過ごせることになったのだから、こちらからお礼をしてもいいくらいだ。

『結構ですよ。トラブルは旅の楽しみの醍醐味ですから。たまたま出会った方の助けになれて良かったです。いい旅を』

とだけ言ってその場で別れた。

「さて、部屋に荷物を置いて散策に行こうか？」

「は、はい、そうですね」

ルビナが緊張気味についてきた。何も取って食いやしないのに……。その様子も可愛らしく思えた。客室に案内されすぐに窓に近寄るルビナ。

「わぁ。いい眺めですね。湖面が太陽の光で輝いています」

少し離れたところにある湖も最上階から見るとすぐそこにあるように思えた。

「荷物も置いたし、疲れていないのなら散策に行く？」

「はい。馬車の中から見たお花を近くで見たいです」

あの花は高山植物だな。この辺にしか咲かない花だ。ルビナはスケッチブックを手に取った。

「スケッチブック？」

「はい。スケッチ自体はすぐに終わるので持っていってもいいですか？」

「もちろん。ルビナがスケッチをするところが見られるんだね」

なんでも最終学年になったルビナは課題が多いらしい。刺繍をしたものを提出するらしいのだが、ルビナの刺繍の腕前はA判定を得るほど。ルビナがプレゼントしてくれた刺繍入りのハンカチは内ポケットに大事にしまってある。先にスケッチに行くことにする。歩いているとオープンテラスのカフェがあり、庭にお目当ての花が咲いていた。お茶をしながらルビナのスケッチ姿を見ていた。邪魔をしてはいけないと思いながらもルビナの手元を見る。

うまいな。ルビナには絵の才能があるんじゃないだろうか……。あのスケッチしたものを額に飾るのも悪くないかもしれない。

あの大きさの額を作ればいいのか？　それならニレの木で額を作ろう。

スケッチブックに描かずに、作品として残すためにキャンバスに描けばいいのではなかろうか。これから色んなところに旅に出てスケッチし、将来作品集として遺すという手段もあるのではなかろうか……。親バカならぬ婚約者バカとなった瞬間だった。

「ジェイ様、お待たせしました」

声をかけられハッとする。どうやらスケッチは終わったようだ。

「もう終わったのかい？」

「はい。大体の雰囲気は掴めました」

「見せてくれる？」

そういうと恥ずかしそうにしながらもスケッチブックを渡してきた。絵を見ると何となく色まで想像できるような、柔らかいタッチで描かれていた。

「とても上手に描かれているね。ほかも見ていいかな？」

了承を得てほかのページをめくる。これはマルクに刺繍していたデザイン。バラ園まで。いつ描いていたのだろう。パラパラとページを捲る。

「ルビナには絵の才能があるんだね。もちろんこのままでもいいけれど、色をつけると作品になりそうだ」

「ただ描くのが好きなだけです。私は不器用なので一度こうして絵にしないと次の想像がつかないというか……」

謙遜するルビナだが、自信を持ってもいいレベルだ。

「目に留めたものを覚えていて家で描いていたのか……」

まだまだ知らないことがあるんだな。不器用だと言ったが、人はそれを丁寧と思うだろう。

「人にお見せするほどのものではありませんもの、今回は旅行先だったからです」

そんなことはない。きっと色をつけたらルビナの持つふんわりとした優しい絵に仕上がるだろう。

「色はつけないの？」

「絵を習ったわけではありませんので、色のつけ方がよくわからないのです」

勿体ない！　そうだ。

「習ってみるといいんじゃないか？」

「え？　今からですか？」

ルビナは学生で、最終学年は提出物も多く忙しいという。

学園をいい成績で卒業すると、子爵家や婚家先である侯爵家、ルビナのこれからの人生においてのステータスとなるから頑張っているのだろう。自分のためだけじゃなく家族や私を思って努力しているのがわかる。健気だよなぁ。十分だと言ってやりたいが頑張っている気持ちに水を差すことはできない。

「今は忙しいだろうから、学園を卒業したら習うといいよ。先生を探しておこうか？　スケッチをしているときのルビナはとてもいい顔をしていた」

趣味が増えるのはいいことだ。それを通じて知り合いが増えると楽しいだろう……。付き合いは、ほどほどにしてほしいとも思うけど。

女性の画家も増えてきているが圧倒的に男の画家が多い。画家は変わり者が多いし深く関わるのはやめてほしい。

「いいのですか？　興味があります」

旅行先でこんな一面が見られるとは、来て良かった。私から申し出たことだからもちろん答えはイエスだ。女性の画家を探そう。

それから街を散策しながら湖まで来た。

「ボートがあるんですね！」

乗るつもりではいる。だが今ではない。

「乗りたい？」

「はい。でも漕げるかな……」

えっ⁉

「いや、それは私がするからルビナが漕ぐ必要はないよ」

ボートに乗るカップルの多いこと。ボートがあんなに近くに！　衝突事故でも起きたら大変だぞ……。係員がいるから大丈夫だろうが、釣りをしている者もいるし泳いでいる者もいる。やはり今ではないな。

「今は混み合っているけど、後でボートに乗ろう」

「ボートに乗ったことがないので楽しみです」

それなら頑張って漕がなくてはいけないな。湖の近くには森があり散策コースになっている。

結構歩いてきたがルビナは大丈夫だろうか？

「森林浴コースといってまだ散策コースがあるけどどうする？」

「行きたいです！」

ルビナに腕を貸して森林浴コースを歩く。木漏れ日が気持ちよく緑の香りがする。

リスが木の実を頬張る姿を見てルビナは、目をキラキラと輝かせていた。

「可愛いぃぃ……あの、ほっぺ」

木の実を頬張るリスに夢中になっていた。王都で野生のリスを見ることがまずないから新鮮な気持ちになる。散策コースを一周すると〝ハンモックのあるカフェ〟という名のカフェがあった。

ルビナは人気のフロートを頼みハンモックに揺られていた。実に楽しそうだ。

「私ばかり楽しんでいますね。ジェイ様は息抜きになっていますか？」

手を繋ぎホテルへ帰る道でルビナが言ってきた。

「もちろんだよ。旅行に来て本当に良かったと思う。結婚してもまたこうやって旅に出たいね」

王都はなんでもあるけれど、素直に景色を楽しみリフレッシュする時間は大事だ。

「……はい、あと一年ですね」

「大事にするよ」

「私も、です」

来て良かった！　ルビナの両親には信頼されているが信頼されすぎると何もできない。それが狙いだろうか……？

最近ルビナは美しくなり大人の女性に変わりつつある。中身は相変わらず可愛いので、そのアンバランスさがときに私を狂わせる……。ルビナが言ったとおり、あと一年だと思うと耐えられる……。と思う。

たかが一年だ！　この先の人生はもっと長い。と自分に言い聞かせる。食事は部屋に運んでもらい、夕日を見ながら食事を楽しむ。たくさん歩き回ったおかげで、美味しく摂ることができた。

夜に行きたいところがあるから早めに夕食を頼んであった。

同じ部屋にしたということは風呂も同じになる……。のだがこのホテルには温泉大浴場がある。女性は大浴場を使うことが少ないので、利用は予約制だそうだ。男性はサッと入って出てくるので利用客は結構いる。サウナが充実していて男性客にはサウナが人気だ。

「私は大浴場に行くから、ルビナは部屋の浴室を使って」

「……はい」

ルビナが照れるから私も照れてしまいそそくさと、大浴場に行くことにした。

「ジェイ様、間違いのないようにお気をつけください」

大浴場に着いていてきた侍従に言われた。

「言われなくても、よーく、わかっている！」

トドメを刺すな！　こっちは信頼という重い言葉がのし掛かっている！　絶対に間違いは起こさないからな！

＊＊＊＊＊

出かけるって、どこに行くのでしょうか？　夜に出かけるからと早めに夕食を摂り、入浴をしました。入浴後は侍女に用意されたワンピースを着ます。着替えたところでジェイ様が部屋に戻ってきました。メイドがお茶を準備してくれて、ジェイ様に大浴場の様子を聞きました。

「温泉は気持ちが良かったよ。サウナが人気で汗を流したあとに水風呂に入るのが気持ちいい」

「水風呂ですか！　冷たそうですね。でもサウナは高温ですものね」

「外気浴といって、そのまま外に出てしばらくしてまたサウナに入る。繰り返すと血流が良くなるようだよ。これからもっと流行ると思う。水もきれいで冷たくてマイナスイオンが出ている。森林浴もマイナスイオンだから同じような感じかもね。ルビナはサウナに興味がある？」

「はい。美容にもいいと聞きました。汗が出ると老廃物？　が出るとか？」

「そうだね。よかったら明日入る？　予約しようか？」

サウナは気になります。でも……。

「せっかくジェイ様と旅行に来たので同じマイナスイオン？　なら森林浴をしたいです。サウナに興味はありますが、また今度にします。今後の楽しみが増えますから」

「なんて可愛いことを……。サウナなら屋敷の敷地内に何とか作れそうな気がするな。家の敷地の一角を利用して小屋を建てて、うん。いける！　帰ったら執事に相談だ」

「ジェイ様、どうしましたか？　聞き取りにくくて……」

「すまない。今後のことについて考えていただけだよ」

今後のこと？　夜のお出かけでしょうか？　お茶を飲み終わったら、ジェイ様がそろそろ行こうか？　と声をかけてきました。

「はい、ところでどちらに？」

「まだ内緒」

馬車に乗ること十分。もう一度どこに行くか聞いてみると笑って誤魔化されました。怪しいところではなさそうですけど、気になります！

「歩いても良かったけど、夜道は歩きにくいし街灯があるわけでもない。何があるかわからないから、目的地までは馬車にした」

手を差し出されて馬車を降ります。馬車を降りるとそこは昼間に来た湖でした。

「湖ですか？」

「今からボートに乗るよ。危ないから絶対にボートの上では立たないで」

「はい」

もし湖に落ちたらと考えると恐ろしいですよね。泳げる自信はないですし、泳いだこともありません。でも人は浮く。と聞いたことがあります。見た感じ湖の周辺とボートはランプで灯されていて、ボートはロープで固定されているようです。

「私が先に乗るから合図をしたら次はルビナが乗る番だよ」

ジェイ様はボートに乗ると手を差し出してきました。少し段差があり揺れているので緊張しながら手を取ります。私がボートに乗った瞬間重みで揺れました！

「きゃぁぁっ」

「大丈夫だから落ち着いて」

手をとったつもりだったのになぜかジェイ様に抱きついていました。

「はい、すみません……」

ジェイ様から離れようとしたら強く抱きしめられてしまいました。足元が不安定なのでジェイ様に抱きついていると安心します。

「ルビナから石鹸の香りがする」

「湯浴みをしましたから……。ジェイ様からも石鹸の香りがしますよ？」

ドキドキしている私の心臓……。ジェイ様の心臓もドキドキと音を立てています。

「この状態はとても嬉しいのだけど出発しようか。身体を離すからゆっくり座って。足元を照らすから」

ボートがゆらゆらと揺れるので足元を見ながらゆっくりと座ります。ジェイ様も向かいに座り、私に膝掛けを掛けてくれました。

「夜だし水の上だから冷えるかもしれない」

膝掛けの用意までしてくださっていたのですね。よく見るとバスケットのような物が置いてありました。何が出てくるのでしょうか？

ジェイ様がボートを漕ぎはじめるとすいすい進みはじめました。

「今日は満月だよ」

「はい、そうですね」

大きな月が目に入りました。

「湖が鏡のようになっていて月が浮かんでいるようだね」

「はい、とてもきれいですね」

湖面にゆらゆらと映し出される満月。

「満月の夜に、この湖でボートに乗ると幸せになれるんだって。単なる迷信かもしれないけれど、ロマンチックだと思わない？」

この美しい月を一緒に見られるだけでもロマンチックです。やっぱりジェイ様は小説の主人公のように素敵です。嬉しくて感動して涙があふれてきました。

「え？　ルビナ、なんで泣くのさ！」

「ジェイ様が、かっこいいからです。私なんかにこんな素敵な人生があるなんて思わなかったから……。私にジェイ様は勿体ないくらいで、」

「……ルビナは魅力的な女性だよ。ルビナが喜んでくれると思うから原動力になる。信じられるまで何度も言い続ける」

「私にそんな魅力は、きゃっ」

ジェイ様に手を取られて気が付くとジェイさまの膝の上に座らされていた。ボートがとてつもなく揺れるので、怖くてジェイ様に抱きつきました。

「大丈夫ですかー？」

陸から護衛の人の声が聞こえました。ジェイ様は問題ない！　と返事をします。ボートのランプが揺れたからでしょうか。

「私から見たらルビナは魅力だらけだけどね。ルビナが令嬢だけのクラスにいてくれるから、安心して学園生活を楽しんで。なんて言っている。ルビナはとても美しくなったから、誰かに取られるんじゃないかとハラハラしているんだ」

ジェイ様が？　まさかそんな……！

「私はジェイ様しか見ていませんよ？」

「それは知っているけど、たまに不安になることがある。格好付けてルビナに家族との時間を大事に……。なんていうくせに、本当は早くルビナと結婚したい」

「ジェイ様しか見てないことを知っているのに、おかしいですね。私が結婚したらお父様はお兄様に家督を譲って領地に戻るそうです。私は領地が好きだけど、行くのはちょっと……」

久しぶりにディートリヒを思い出してしまいました。

「これから先、ルビナが子爵家の領地へ行きたい時は私も一緒に行くよ。だから安心してほしい」

「ジェイ様が子爵領にですか？　長閑なだけで何もありませんよ？　観光するところもありませんし」

領地には特別これ！　といった特産はありません。誇れるのは領民の優しさとか、のんびりしているところとか……。

「ルビナが育った、ルビナの大事な場所だから何もないってことはないだろう？」

先祖代々守ってきた領地で私たち家族にとっては大事で大切な場所。

「お父様が冗談で言っていました。何にもないのが自慢だって。問題もない、災いもない、って」

お父様の言葉を思い出し、ふふっと笑う。

「泣いたり笑ったりルビナは忙しいね」

「だって……」

「子爵夫妻に会いに領地へ行きたいと思ったら一緒に行こう。ルビナはおそらくあいつを思い出しただろう？」

バレていますね。隣の領地で川を挟んだ先にディートリヒが住んでいる。

「言うつもりはなかったけど、あいつは領地で働いている。いわゆる肉体労働だ。こき使われているようだよ」

「そう、ですか」

私は今幸せなのにちょっとした罪悪感があります。でもそれを望んだのは自分だもの。ディートリヒとは違う道を歩くと決めたのも自分。

「もうこの話はやめてもいいかな？」

「ジェイ様」

「ん？」

「ありがとうございます。何もかもジェイ様のおかげです」

「何のことかよくわからないけど、最終的な判断はいつもルビナがしている。迷ったときは相談に乗るけど、ルビナの意見を尊重したいと思う。これからもずっと」

「はい」

すこしの沈黙……。それを破ったのはジェイ様。

「よし、次へ行くぞ」

「次？」

「ボートを進めるからちゃん掴まっていて」

「きゃっ」

急にスピードアップをしたので驚いてジェイ様に抱きついた。

「ははは。なかなかスリルがあるよね！」

「す、少し怖いくらいですよぉ」

ランプが切れてしまうと真っ暗になってしまうので、ボート乗り場に急いで戻るそうです。

ボート乗り場に戻り、地面に着地したらホッと安心しました。ボートは揺れるので足元が不安定でしたから。その後は、芝生の上にシートを敷いて二人並んでゴロンと横になりました。バスケットの中には温かいお茶が飲めるように準備されていて、少し冷えた身体がじんわり暖かくなりました。

「ルビナ上を見て」

ジェイ様が指を差しました。その先は……。

「わぁ！　キレイ……」

言葉を失うほどの満天の星空。

「キレイだよね。空気が澄んでいるからよく見える」

流れ星がさぁっーと流れていきました。それを無言で見ていて……。

「私この風景を二度と忘れません」

ポツリと呟きました。

「絵にしないのか？」

「はい。心にしまっておきます。たとえ私がどれだけ上手く絵を描けても、今日見たこの瞬間を切り取ることはできませんもの」

目に焼き付けるように空を見た。

「先ほどの夫婦が五年前に来たというのがよくわかるよね。忘れられない景色がここにはあるんだね」

しばらく横になって星空を見てホテルに帰ることになりました。

「ルビナはベッドを使うといいよ。私はソファを使う。おやすみルビナ、また明日」

額にキスをされた。私はジェイ様の夜着をギュッと掴んでいた。

「どうした?」

「ベッドは、広いので……」

「いや、それは……。さすがに」

「あっ、ちが、違わないけど、今日はジェイ様に抱きしめられながら、」

と言うと後ろからギュッと抱きしめられた。

「抱きしめられながら? どうしたい?」

「ジェイ様と眠りたい、です」

大胆すぎた。引かれてない? 恥ずかしいけど……。ジェイ様と離れたくなくて。

「ん。ルビナがお望みなら」

ジェイ様が言った後に、

「きゃっ」

横抱きにされました! 噂のお姫様抱っことかいう、あれ?

「やっぱりやめた。は、なしだから」

ジェイ様は器用に布団をめくって私を横に寝かせてくれた。

「ルビナは温かいね。こうやっていると安心するよ」

ジェイ様の腕枕……。向かい合うとお顔がすぐそこに。恥ずかしくて後ろを向いた。

くすくす。と笑い声が聞こえたけれど、顔が見えないだけ恥ずかしさは少し減りました。自分で言ったのにこんなに恥ずかしいとは……。

「おやすみルビナ」

ひゃぁっ。耳元はやめて！　心臓がもたないかもしれません。

旅行先で大胆なことをしてしまいました。

今夜は眠れるか心配です。

～ジェイ視点～

ルビナの寝息が聞こえる。この状況で眠りに落ちるとは……。

手を出さない。とは言ったがこんなに近くにいられると気持ちが揺らいでしまう……。

安心されても困る。ルビナが腕の中で寝ているだけで幸せなのだが……。仕事のことでも考えていないとどうにかなりそうだ。いや、ルビナとこうして同じベッドにいるだけでも十分だ。

悶々と夜を過ごした。徹夜をするのはよくあることだから、寝たフリをした。

長い夜だった。

「んっ……」

ゴロンとルビナがこっちを向いた。まだ寝ぼけているのだろう。そのまま優しく頭を撫でた。

するとむにゃむにゃ言いながら〝ジェイ様〟と言う。なんだ、この可愛い生き物は！

破壊力が……。天井を見上げた。

ここで星空でも見られれば気持ちが落ち着くだろうが、どう見てもホテルのベッドの天井で腕の中にルビナがいる。これは現実で……。

まずいな……。とポツリ言う。

「んっ……」

ヤバい、起こしたか？

サラサラのルビナの髪を触っていた。なんとか目を瞑って少しでも気を逸らそう。

しばらく目を瞑っていた。一時間ほどだろうか？

「ひゃぁ」

ルビナの驚いた声が聞こえた。どうやら今の状況に驚きを隠せないようだった。ゆっくり目を開けてルビナの顔を見る。朝だというのに目は大きく見開かれていた。

「おはよう、ルビナ」

「じ、ジェイさまっ、」

「どうした？　ルビナが一緒に寝ようと言ったんだよ？」

「そうですけど……」

真っ赤な顔で恥ずかしそうに顔を隠した。

「ゆっくり眠れたようだね、顔を洗って朝食にしようか？」

「……はい」

ささっと逃げるようにベッドから降りるルビナ。ふむ。ちゃんと男性として見られているようだな……。と、なんとなく安心した。

辛かった……。寝言で名前を呼ばれたときは特に……。ルビナは私がこんな気持ちで夜を明かしたとは知らないだろうね。

ルビナの行動が若干おかしいけれど、それも可愛いと思った。一緒に寝ようとルビナに誘われるとは夢にも思わなかった。旅マジックというやつかもしれない。ゲレンデでスキーをしている姿がカッコよかったのに地上に降りると、あれ？　って、王都に戻ってがっかりなんてことにはさせないからな！　屋敷に帰るまでが旅行だ。

朝食を摂り、朝の散策へと行った。寝不足気味ではあるけれど、朝の空気は気持ちがいい。

「ジェイ様、朝の散策は気持ちがいいですね」

私の前を歩くルビナの歩調はとても軽やかだ。

「そうだね。静かで朝露も何もかも気持ちがいい」

ルビナは来月から卒業の課題やテストで忙しくなるからしばらくはこうやってのんびり過ごす時間は取れない。学生最後の旅になるだろう。

散策をしてからまだ人の少ない時間帯だったからボートを借りた。夜に浮かぶ満月は幻想的で美しかったが、朝の湖も光が反射して眩しいくらいに美しい。

ルビナはどっちが好みだろうな?

ボートにも乗ったし、ホテルをチェックアウトし馬車に乗る。途中の街で休憩がてらランチを摂り、また馬車に乗るとルビナが小さく欠伸をした。

「眠たいのなら肩を貸すから目を瞑っていいよ」

隣同士に座っていたので、ルビナの肩を抱いた。

「昨日はあまり眠れなくて……」

ん? すやすやと寝息を立てていたような気がする。

「そうなのか?」

「緊張して……。ジェイ様がすぐ近くにいたから」

「私もあまり眠れなかった。ルビナが腕の中にいると思ったら、緊張もしたけど嬉しかった」

「私も、一緒の気持ちです」

これはいかん……。空気が甘くなってしまったではないか!

「少し目を瞑ろうか? 私もそうするから」

お互い目を瞑っていればこの甘い空気も薄まるであろう。

「はい」

ルビナの肩を抱いたまま、ルビナの頭を私の胸に抱き寄せた。体ごと預けられる形だ。

「ジェイ様の心臓の音が心地よいです」

どくどくと音を立てていた。しばらくするとルビナはすーすー。と寝息を立てていた。王都まであと三時間ほど。私も少し目を瞑ろう。

こんこんと扉をノックされる。返事をして扉を開けるとすでに王都に入ってきた。目を瞑るつもりだったのに私も寝ていたのか……。

ルビナを屋敷に送って帰ることにした。明日からまた仕事を頑張ろう。いろいろと忙しくなりそうだ。

夕方にルビナを送っていき、現在は店にいる。レディース部門を新設してから少し店が手狭になってきた。ルビナに似合いそうだとレディース部門を広げすぎたのかもしれない……。ルビナのことを心配する余裕がないほどに忙しくなりそうだ。

第六章

卒業式

本日、晴れて学園を卒業します。最終学年の提出物は多いし、テストは難しかったけれど、恥ずかしくない点数で卒業することができました。

お父様にもお母様にもお兄様にも褒められました。頑張った甲斐があります！

ジェイ様も侯爵家のご家族も喜んでくれました。ホッとしました!!

卒業式には両親が出席してくれて、その後のパーティーはジェイ様がエスコートしてくれます。

毎度お馴染みとなった？　デザイナーさんがデザインしてくれたドレスをジェイ様がプレゼントしてくれました。

卒業式が終わり、着替えに帰って準備をしているとジェイ様が迎えにきてくれました。

「……胸元が開きすぎじゃないか？」

たしかにいつもよりはすーすーしますが、そんなに気になりますかね？　ドレスをプレゼントしてくれたのはジェイ様なのに？

「首筋も丸出しだなんて……」

このドレスはアップスタイルにした方がすっきりとして見えるとデザイナーさんからアドバイスをもらいました。

それに応じてヘアーアクセサリーもジェイ様からプレゼントされました。

ドレスと同じ生地のリボンにエメラルドが付いている……。特注品ですよね？

もしかして……？

「似合わない……、ですか？」

いつものジェイ様なら、可愛いよ。とか美しいよ。と大袈裟に言ってくれるはずなのに……。

期待はずれだったのでしょうか。それは残念だと思い、眉が下がってしまいました。

「いや。とても似合っているんだ……。すごくすごく似合っている」

「ジェイ様？」

「こんなにキレイなルビナをほかの男に見せたくないんだ……。今日のルビナは本当にキレイだ。ドレスも似合っている。髪型も、アクセサリーも全て……。私の婚約者は美しくて可愛くて尊いよ」

周りのメイドたちが呆れています。ジェイ様の侍従の方は下を向いて肩を震わせています。

ジェイ様は構わず私の手を取りキスをしてくれました。

「最高の褒め言葉ですね。いつも思うのですが、ジェイ様は私より私が似合うものを知っていますね。もう自分で衣装を選べなくなってしまいそうです」

自分のセンスに自信がなくなりそうです。いつもジェイ様にプレゼントされるドレスは褒められますもの。

「ルビナの衣装はこれからも私が選んでいいのかい？　ご褒美かな？」

「ご褒美？　ジェイ様は面白いことを言いますよね」

ふふふ。と笑う。

「あぁ、ルビナの笑った顔が可愛い……」

そろそろ行かないと遅刻してしまいそうです。今日のパーティーには保護者も参加するので両親もそろそろ出発の時間……。

「あ……、お父様にお母様」

二人とも無言で立ちすくんでいました。

「さっきからいたんだけどな。ジェイ殿そろそろ出発をしたらどうかな？」

お父様もお母様も何も言うまい。というような顔をしていました。

「……着替える時間は」

ジェイ様は往生際が悪いですね。似合っていると言ったり着替えてほしいと言ったり。

「「「ありません」」」

私と両親の声が重なったので、ジェイ様は仕方なしに馬車に乗りました。

「ルビナ、きっとほかの子息に誘われると思うんだ……。卒業パーティーで断わることはできないと思う。今日はめでたい日だから」

パーティーは無礼講？　になるそうです。卒業の思い出に……。と羽目を外す生徒もいるとかいないとか？　学園を卒業すると進路はバラバラですから、パーティーでは思い思いに過ごすそうです。

「それならジェイ様がずっと一緒にいてくださればいいではありませんか？　一緒にいようといって離れて行ったのはジェイ様ですからね！」

フイッと顔を逸らす。

「レオの結婚式での話か。あのときは悪かった。ルビナの言うとおり今日は絶対離れないよ」

「約束ですよ」

「あぁ、もちろん」

レオ様の結婚式のことはいい思い出ですけれど、ジェイ様は謝ってくれます。そんな話をしているとソフィアさん、デボラさん、レイチェルさんの姿が見えました！

「まぁ、ルビナさん本日のドレスもとってもお似合いです」

「ソフィアさんも、デボラさんも、レイチェルさんもとってもお似合いです！　素敵です‼」

ドレスを褒め合いました。みなさんすごくきれいです！　ジェイ様は私の後ろでその様子を見ていました。友人のドレスを見ても私の胸元が開きすぎているということはなさそうです。友人の婚約者もいらして談笑の後はジェイ様とダンスを踊りました。

今回のドレスは動くと裾がひらひらと動くのでダンスをしているとまた違う雰囲気に見えます。

「ルビナはダンスが上達したね。とても踊りやすい」

「それはジェイ様のリードがお上手だからですよ」

婚約者とダンスを踊ると、ほかの方から申し込まれることもあるのですが、ジェイ様は私の腰にピッタリとくっついてくれていたので、声をかけられることはありませんでした。そしてパーティーが終わり家に送ってもらいました。

家に帰って、お父様とお母様と話をしていると、驚くことを聞かされました。

「ジェイ様が、ルビナに近寄ろうとする子息がいたら微笑んで威嚇していたもの。ジェイ様に笑顔を見せられると察しのいい子息は諦めるわよ」

笑いながらお母様は言いました。私はまったく気が付きませんでした。

「ルビナ、卒業おめでとう、よく頑張ったわね。これ旦那様とわたくしからよ」

お母様が言うと、執事長からリボンが掛けられた箱を渡されたので、手に取ってテーブルに置きました。

「わぁ。宝石箱ですか？　ステキです」

私の好きなスミレの花をモチーフにしたものでした。可愛いです！

「卒業記念に宝石も考えたのだけど、ルビナはたくさん持っているからな」

ジェイ様からの贈り物……、ですね。お父様もお母様も笑っていました。

「……はい」

「ふふっ。そうよね。それならそれをしまうものをプレゼントしようと思ったのよ。これはオルゴールになっているのよ。それに写真が入るの」

お父様とお母様とお兄様と私。お兄様が結婚する前に撮った家族写真でした。オルゴールのメロディーは昔お母様が歌ってくれた子守唄。懐かしいです。

「これからルビナにも家族が増えるでしょうから写真を入れ替えて使ってね」

お母様は言いましたが、この写真はこのまま入れておくことになりそうです。

「お父様、お母様ありがとうございます。大切にします」

二人に抱きついて感謝の言葉を口にしました。お父様に〝自慢の娘だよ〟と言われて嬉しかったです。

卒業式を無事迎えて卒業祝いにジェイ様の実家の侯爵家で食事会を開いていただけることになりました。私の家族も揃って招待されました。

晩餐だとかた苦しいので、ランチ会にしてくださって子どもたちも気軽に食事を楽しめるようにと配慮されていました。

お父様は前侯爵様（私にとってはお義父様）とお酒を楽しみ、お兄様は侯爵様（現在の当主）と領地の話で盛り上がり、シンシアさん（兄嫁）はジュリアンヌ様に胎教にいいものを聞いていて（現在妊娠中）和気藹々と過ごしていました。

「こういうのも悪くないね」

ジェイ様に言われて笑顔で答えました。

「嬉しいです。侯爵家のみなさんに感謝ですね」

「ルビナお姉ちゃん、一緒に庭に行こう」

アーサーさんに誘われました。ランチが終わりそれぞれお酒を楽しむ人、お茶を飲む人など好きに過ごすようです。

「はい。行きましょう。ジェイ様はどうしますか？」

「私は父上に呼ばれているから、アーサーを頼んでいいかな？」

「はい、アーサーさん行きましょうか？」

「うん」

手を繋いで歩いていると、マルクさんも来て三人で散策することになりました。

「アーサーは目を離すとすぐルビナお姉ちゃんを連れ出そうとするな」

「兄様だって、いつもルビナお姉ちゃんと本を読むといって連れて行くよね！」

「ふふっ、本当にお二人は仲がいいですね。これからもよろしくお願いしますね」

「「うん」」

夏のお庭には、ひまわりが咲いて大きなお花が多いですね。噴水の前のベンチに座り、三人で話をしていました。話題はマルクさんの留学の話でした。侯補は二か国あるそうで現在調整中なんですって。ジェイ様は十三歳から五年間留学していましたが、マルクさんは十二歳から行って三年ずつで二カ国へ行こうと考えているようです。十二歳からとなると来年ですね。

「寂しくなりますが見聞を広めて元気な姿で戻ってきてくださいね」

「うん。手紙を書くね、ジェイ叔父さんと遊びに来てくれると嬉しいな。長期休暇には帰ってくるからそのときは会おうね」

「はい。マルクさんお時間があったら教えてくださいね。みなさんマルクさんが帰ってくるのを心待ちにしていますから」

来年はバタバタしそうですね。マルクさんが留学に出るとなるとアーサーさんも寂しいでしょう。私も結婚すると今までのように頻繁に侯爵家に来ることはなくなりそうです。

「アーサーさん、マルクさんが留学に行って寂しくなりますが良かったら遊びに来てくださいね」

「うん。行きたい」

「お待ちしていますよ」

庭を散策してお話をすること一時間経ちました。侯爵家のメイドにお茶の時間です。と呼ばれサロンに通されました。するとそこには……。

「まぁ！」

と言って驚くことしかできませんでした。そこにはスイーツがたくさん用意されていました。

「ルビナさんの好きなものをたくさん用意したのよ。さぁ召し上がれ」

ジュリアンヌ様がサプライズで準備してくれたものでした。

「ルビナ、せっかく用意してくださったのだもの。今日は遠慮なくいただきましょう」

お母様に言われて頷きました。私の好きなものばかりです。

「ルビナ最近あまり食べていないようだけど、具合でも悪い？」

ジェイ様が私の顔を覗き込むように見てきました。

「いいえ。たくさんいただきましたよ？」

チョコレートケーキにフルーツタルト、ブドウのゼリーをいただきました。

「こんな小さなサイズなのにたったこれだけしか食べていないじゃないか。やはり具合でも悪いのか？」

ち、違うんですよ……！　ジェイ様ったらどれだけ食いしん坊だと思っているんですか。これにはちゃんと訳があるんだから。

「最近……。サイズアップをして、ジェイ様から頂いたお洋服がキツくなって……」

胸元や腰回りに余裕がなくなってきました。正直言うと苦しいのです。

「あぁ、なんだ。そんなことか」

「そんなことではありませんよ！　お気に入りのワンピースがですね、」

「あれはいつあげた物だった？　身長も伸びたし女性らしく成長したってことだろう？」

「でも結婚式ではキレイな姿をジェイ様に見てほしいから」

「……嬉しいことを言ってくれるけど、それ以上キレイなってしまうと困るよ」

「え？」

「ルビナはいろいろ頑張ってくれて、とても充実しているんだろう？」

「はい、毎日楽しく過ごしています。みなさんのおかげです」

「ルビナに会うたびにキレイになっていて、いろいろと限界なんだよ……」

「限界？　どうかしたのですか……」

ジェイ様のお顔が赤くなっていました。

「ちょっと来て！」

腕を掴まれ、庭に行きました。サロンからすぐ出られるところにある中庭のような場所です。

ジェイ様は人払いをされました。

「ジェイ様？」

「ごめん、誰が聞いてるかわからないから」

「ジェイ様、何かに悩んでいるのですか？　限界とは何のことですか？」

ジェイ様が目を瞑って自分の頭をぐしゃぐしゃと掻きました。

「ルビナが可愛すぎてルビナに触れたい、誰にも取られたくない、私だけのものにしたい。早く結婚式を挙げたい。そんな感情であふれている」

「……ジェイ様も？」

「え？」

「私はジェイ様が素敵すぎて困っています。隣に立って恥ずかしくないようになりたいと思いますし、早くジェイ様のお嫁さんに、なれたら……って思っています」

早くお嫁さんに……って恥ずかしい。かぁぁっと顔が火照り出しました。なんていうことを言ったのでしょう。

「触れてもいい？」

こくん。と頷く。ジェイ様と同じ気持ちだから。

「ルビナ、愛しているよ」

ギュッと目を瞑りました。

肩に優しく手を添えられました。ジェイ様の顔が近く寄ってきているのを感じて……。口付けをされました。すごく幸せで唇を離されると少し寂しく思うほど……。

「絶対に大事にするから」

「……はい」

「大好きだよ」

「はい、私もです」

口付けの後は抱きしめられました。身体中が熱を持っているように熱くなりました。

結婚式まで……。なんてジェイ様を散々待たせていたのに、ごめんなさい。焦らしたいわけではありません。顔の熱が引くまでベンチで座っていました。このままではみなさんの前に戻れません……。

「ルビナ、ごめん。結婚式まで待てなくて」

「謝らないで、ください。私も、その、ジェイ様としたかったので……」

そういうとジェイ様は微笑んでいました。

「同じ気持ちだったと聞いて安心した。結婚式まではキスまでしかしないから安心して」

キスまで……⁉

「変なこと言わないでくださいませ」

「ルビナは私のお嫁さんになってくれるんだろう」

「そうです、けど」

「はぁっ。ルビナが可愛すぎて仕方がないけど何とか頑張るよ」

「また揶揄って」

「ルビナは強くなったね。自分の気持ちを伝えてくれるし、でも相手を立てようとしてくれて、私の家族にも優しく接してくれて感謝しているよ」

それはみなさんが良くしてくれるから、私を家族と言ってくれるからです。ジェイ様こそ私の知らないところでいろいろと動いてくれています。隠しごとはしない。といいながら結婚式の件は教えてくれません。でも私のために動いてくれているので、聞いたりはしません。

「ジェイ様は私を甘やかすのが得意ですね？」

照れ隠しのように言ってみました。

「得意か……ふむ。それもひとつだね。ルビナを甘やかしたり、ルビナを喜ばせたり、ときには泣かせたり？　ルビナのことはライフワークということにしようかな」

「……それ、よそで言ったらおかしい人と思われますよ」

「別にかまわないよ。妻を愛する夫は世の中にたくさんいるじゃないか」

ジェイ様は笑いながら立ち上がり私の手を取った。

「そろそろ戻ろうか？」

「はい」

「ルビナのために用意されたスイーツだから好きなだけ食べていいんだよ。ドレスのサイズはもう変更してあるらしいよ？」

サイズアップがバレていました。

「ジェイ様っ！」

ドレスを作る際は必ず寸法のチェックをしていて、そのときの体型に合わせているから……。

ウェディングドレスも変更可能ですって……。

ジェイ様はくっくっくっ。と笑っています。

「サイズが変えられるなら、思いっきり食べますからね！」

そう言って私は久しぶりに遠慮なく思いっきりスイーツを楽しみました。これは照れ隠しです。

そして本当に心ゆくまで食べてしまいました……。

「アーサーさん口元にクリームが付いていますよ」

ハンカチでクリームを拭きました。

「ありがとう。ルビナお姉ちゃん」

「ふふっ。美味しかったですね」

「ルビナお姉ちゃん、何かいいことあった？」

ドキッ！

「え？　それは……、こうしてみなさんに祝っていただけたので」

「ふーん」

アーサーさん、急にどうしたというのでしょうか……？

「ルビナお姉ちゃん、さっきより機嫌がいいみたいだし、ジェイ叔父さんとなんかあったのかと思って」

「え？　ジェイ様と、いつも、どおりですよ」

「いつもどおり、いちゃいちゃしていたの？」

「え？　いつもどおりって、」

アーサーさんにもそう思われていたなんて……！

「アーサー、ルビナを揶揄《からか》うなよ」

「だってルビナお姉ちゃん可愛いから」

七歳で弟のような子に可愛いと言われる私って……。

「お前にも大事な人ができたらそのうちわかる」

「あと十年早く生まれていたらルビナお姉ちゃんが良かったな」

「残念だったな。ルビナは私のお嫁さんになるんだ。姉ができたと思って諦めろよ」

ポンとアーサーさんの頭を撫でていた。

「ルビナはマルクにもアーサーにも懐かれているよな。まだ子どもだからいいけど、もし二人がルビナと同級生だったと思うと、うかうかしていられないな」

マルクさんやアーサーさんが同級生だったとしたら……？

「クラスが違いますから、安心してください」

「いや、もし私が同級生でルビナとクラスが違ったとしても、朝と帰りは迎えに行くし昼は一緒に摂りたいかな」

「ジェイ様と同じ歳ですか？　それはそれで楽しいでしょうけど、ジェイ様とは今のままがいいです。ジェイ様の留学時代のお話を聞くのが好きですもの」

なんて話をしていたら侯爵様がジェイ様を見ながら嬉しそうに言いました。

「ジェイはフラフラしているのかと思いきや、しっかり稼いでいるし、植物園のおかげで我が家の評判もいい。しっかりして来たのはルビナさんのおかげだろう、いい子を捕まえたな」

侯爵様に言われて恥ずかしくなる。

「ジュリアンヌやマルクから、ジェイがルビナさんといちゃいちゃとしていると聞いて、信じられなかったんだが本当のようだな。私も可愛い妹ができて嬉しい。ルビナさんジェイを頼んだよ」

「兄上から見たら私はいつまでも甘ったれの末っ子のままですからね。結婚したら一人前として見てくれますか？」

侯爵様とジェイ様は十歳も歳が離れています。小さな頃はお兄様っ子だったようですし、尊敬されていると聞いています。

「もちろん。だが、手を貸してほしいと思ったら遠慮なく相談してほしい。家を出てもここはお前の家であることに変わりはないからな」

侯爵様は優しいだけの人ではないとお父様が言いましたが、とても家族思いの方ですよね。王宮で仕事をしている侯爵様は〝氷の侯爵〟という二つ名があるとか？　ないとか。想像できません。

食事会が終わり家に帰ってきました。今日は幸せな一日だったなぁ。

『ルビナ、ごめん。結婚式まで待てなくて』

『謝らないで、ください。私も、その、ジェイ様としたかったので……』

ベッドに入り眠る前に思い出してしまいました！

きゃぁぁ！

ルビナ、淑女は嫁入り前に殿方と触れ合ってはいけないよ。口付けは教会で神様に愛を誓う日まで……。小さい頃におばあ様に言われていたのに……。

おばあ様……、ルビナはふしだらな子ですっ！　でも後悔なんてしていません。ジェイ様は私の大事な人だもの。翌朝はお母様と二人での朝食タイムです。お父様は朝早くに家を出て行きました。

「ルビナ今日の予定は？」

「今日は家具を選ぶ予定です。なかなか決まらなくて……」

素晴らしいものばかり用意されているんですもの。迷ってしまいます。

「ルビナがいいと思ったものを購入すればいいのよ。自分で使うものなんだから」

「お母様はどうやって決めたのですか？」

「わたくしのときは、この屋敷に合った家具を揃えてもらったわ。家具職人に、こういうのがいい、これは嫌とだけ伝えてあとはお任せしたの。結婚式の細かいこととか決めるものがたくさんあって、お任せできるところは信頼のできる職人に任せたのよ。旦那様も爵位継承で忙しかったから、結婚式を終えてホッとしたことだけ覚えているわ」

懐かしそうに話をするお母様。

「大変だったのですね。お母様の結婚のお話を初めて聞きました」

お父様とお母様は遠い親戚で、お母様の実家は伯爵家です。遠い親戚のため昔から顔を合わせていたのですって。お母様はお転婆だったからお嫁にいけるか心配されていて、年も近くて遠い親戚なら安心？　ということで結婚をすることになったそうです。

お父様からはお転婆だったお母様は可愛いと思っていた。と聞きました。お母様はそれを聞いて、旦那様の趣味は少し変わっているのよ。と笑いながら言っていましたが、満更ではなさそうでした。私が知る限りお父様とお母様は、仲がいいですし、喧嘩をしてもお父様が謝って仲直りしていました。お母様が悪くてもお父様が謝って……。優しいお父様ならではのエピソードですね。でもお父様は怒ったら怖いのでそのギャップがいいとお母様は笑っていました。

「お義母様が実直な方だったから、爵位継承がすんなり通って親戚一同から反対はなかったのが救いだったわ。親戚で揉めることもあるみたいだもの。侯爵様の家は親戚も多いのに、滞りなく継承できたところを見ると、侯爵様はみなさんから信頼されていることがよくわかるわね」

兄弟の仲はいいですし、お義兄様は努力家だとジェイ様は言っていました。幼い頃から跡取りとしての教育は厳しかったのでしょう。今のマルクさんもそうですもの。

「爵位継承とは大変なのですね」

「そうよ。いまルークに爵位を譲るために旦那様が親戚に話をしに行っているでしょう？　お義父様とお義母様が亡くなって五年が経つからそろそろ私たちも領地でのんびり暮らしたいわねぇ。ルビナも忙しいだろうけど、のんびりしたいと思ったら戻っていらっしゃいね」

「はい。そのときはジェイ様と行きますね」

何にもないけどそれが自慢の領地に、ジェイ様と。

「本当に仲がいいわねぇ。今からそんなんじゃ先が思いやられるわよ。ルビナ、おばあ様の教えを守っている？」

「……え⁉」

ば、バレているの？　ジェイ様と口付けをしたことっ？　目が泳いでしまいました……！　と同時に顔が赤くなりました。

「ふ、ふふっ……。旦那様の前でそんな顔をしたらダメよ？　旦那様がヤキモチを妬いてしまうわね。私はルビナを信じているからルビナの好きなようになさい。ルビナの人生なんだから。お互い好きあっているのは理解しているから、何かあってもちゃんと責任をとってくれるでしょ？　ジェイ様は嬉々として取ってくれそうね」

「何かって？　なんですか？」

「……その調子じゃまだ大丈夫そうね。ジェイ様にわたくしが信頼していますと言っていた。と伝えてちょうだい。ほらそろそろ準備をしなさいな」

「もうこんな時間！　お母様失礼しますね」

パタパタと急いで準備にかかるルビナ。

＊＊＊＊＊

ルビナったらまたきれいになっているんだもの。愛されるというのは女性にとって一番の美容法なのかもしれないわね。娘が美しく成長して素直に愛する人と結婚する。親としてこんな幸せはないわね。

真面目なところはお義母様譲りでしょうから、天国でも喜んでくださるでしょうね。

私と旦那様はルビナとジェイ様のような恋愛関係ではないけれど、子どもたちに恥じない家族だと思う。わたくしは旦那様を大事に思っているし、旦那様も思ってくれている。

二人の子どもに恵まれて、二人とも将来のパートナーと巡り会えて仲良くしてくれれば、私たちも安心して領地で見守れるわね。

さて、ルビナも出かけるし、レースの続きを編みましょう。レースは母から教えてもらった編み方。私の結婚式のベールも母が編んでくれた。だから私もルビナにレースを編む。

娘のためを思って編むレース、今になってわかる母の深い愛情だったと。

結婚式は一大イベント。ジェイ様が全てを決めたいと言ったとき、ベールだけは譲れません！と言ったら、そこは折れてくれた。侯爵家の方々も何かさせてほしいと話し合いになり、宝飾品を贈ってくださると聞いた。ティアラは由緒正しい侯爵家の物を……。それを聞いて心から感謝をした。ルビナは家族として受け入れられたんだって。

それなのにルビナときたら〝自分で選ぶよりジェイ様が見立ててくださったら間違いがない〟だなんて……。もっと欲を出しなさいよ！　主役はルビナなのよ！

～ジェイの仕事～

あぁ……。やってしまった！

なぜ実家でキスをしてしまったのか……！

我慢できなかったからだけど。人払いしてあったとしてもせめて別の場所でしたかった。なぜ実家……。反省しながらもニヤニヤとする。ルビナは結婚式でキスをするのだと言っていたから。

絶対にルビナを幸せにしよう。そう思った。

今日ルビナはうちで家具を選ぶんだったな。早く顔が見たいのに、朝から来客があるしいつもより早く店に行かなくてはいけない。昼頃にルビナが店に来てランチをする予定だ。

店に到着し届いた資料に目を通す。綿が高騰……。別の取引先を探すことも視野に入れなくてはならない。最近質が落ちてきている。と話に上がっていた。

そこで今日の来客はムパス国の貴族が私に会いたいと言ってきた。一体なんの用件だろうか？

ムパス国に知り合いはいないのだけど？

ムパス国はここ数年国力がぐんと上がった。国王が交代して新しい風が吹いたことにより国全体が良くなった。たしかに前国王のいい噂は聞かなかった。以前は閉鎖的な国だったが、最近は外国との取引をするようになった。と聞いている。言葉は理解できるが、念のため通訳を付けることにする。そして待ちかねていたムパス国の貴族が訪れたのだが……。

『はじめまして……ではなさそうですね。先日旅先でお会いした……』

『はい。私はムパス国からやって来ました。カイール・アスランと申します』

ムパス国アスラン伯爵家当主。年齢は三十五歳。

『申し遅れました、私はジェイ・デュランドと申します。本日はどういったご用件で？』

握手をした。

『先日はありがとうございました。妻もとても感謝していました。お礼をしたかったのに、いらないと言われてすでに帰ってしまわれて……。後にデュランド伯爵と婚約者殿だと知りました』

通訳なしでも会話になりそうだ。話をするかぎり義理堅い人間のようだ。

『私の婚約者がそうしたいと言ったので、本当に気にしなくて良かったのですよ。気持ちは受け取りました』

あの件でルビナとの距離がさらに縮まった。と私は思っている。いい思い出になった。

『可愛らしい婚約者殿でしたね。いつご結婚を？』

『来年の予定です。彼女は学生でしたから、今は準備中といったところです』

『そうですか。優しく可愛らしい婚約者殿でしたね』

なんの話だろうか？　早く本題に入ってくれ！

『ええ。自慢の婚約者ですよ。ところで、そろそろ、』

『おっと。すみませんでした。本日はビジネスの話をしにまいりました』

ビジネスの話だったか。旅行の話はフリだったのか？

『はい、お伺いいたします』

『我が国は、数年前まで閉鎖的な国で、輸入・輸出において全て管理されていましたが、ご存じのとおりここ数年で緩和されました。我が伯爵領では上質な綿や絹などの産地として国内有数でした。しかし外国産の安い輸入品が入ってくることにより、取引先が金額を渋るようになりました。私は、いや私たちや領民は質を下げ値段を下げるような真似はしたくない。自信を持って作っている物です。そこで我が領地の綿や絹の取引先を探していたところ、レオナルド殿と知り合いました』

『レオナルドですか？』

『ええ。あなたの友人ということですが？』

『留学時代に世話に……。今も交流はあります』

話を聞くと、取引先を増やしたいと言った。レオナルドも取引することになり、うちの国でも取引先を紹介してほしいということになり、私の名前が出たそうだ。レオめ、それならそうと先に教えてくれれば良かったものを！　今度会ったら勝手に名前を出すな。と言っておかなくては！

まずは品物を見せてもらうことにした。

『これは素晴らしいですね。手触りもいい』

上質な絹だ。丁寧な仕事だとわかる。ムラのない染色もいい。取引金額を見てこれまた驚いた。

『安いですね。これで儲けは出るのですか？』

『もちろん出ますよ。手作業と機械と工程を分けることにより、単価を抑えることができるようになりました。数年単位で取引をするのならもう少し下げることも可能です』

綿や絹の取引先を探そうと思っていたところだった。ライセンスを持っていて正規な取引でこの値段。私が断ったらほかの会社が飛びつくだろう。

『考えてみます。と言いたいところですが、なんの問題もなさそうです。しかもレオナルドのお墨付きですからね。しかしこの条件で本当によろしいのですか？』

レオのお墨付き。元とはいえ一国の王子だったレオを欺くような真似はしない、いやできないだろう。その点を踏まえて信用してもいい。

『ギリギリの金額ですよ。ホテルではお世話になりましたし、婚約者殿の優しさに妻が感謝していました。おかげでいい旅になりました』

とりあえず二年契約をして、様子を見ることになった。

カイール殿との商談が終わり、雑談をしていた。するとルビナが店に来た。と連絡を受けた。

ちょうどいい。カイール殿に会わせよう。

『カイール殿、お帰りになる前に私の婚約者に会いませんか？　今着いたようです』

『それはぜひ、あのときのお礼を言わせてください』

コンコンコンとノックの音が聞こえたので、すぐさま立ち上がりルビナを迎えた。

「ジェイ様」

今日のルビナは紺色のワンピースを着ていた。まだ暑い時期なので長い髪を編み込んでいて清楚で爽やかだった。

「やぁ、ルビナ会いたかったよ。よく来てくれたね。ランチに行く前に紹介したい方がいるんだ、ちょっと来てくれる？」

「ええ、もちろんです」

部屋の中に入るとカイール殿がにこりと笑った。

「ルビナ覚えているかな？　旅行先で部屋を譲っただろう？」

「はい。ホテルですね」

「そう、彼はカイール・アスラン殿。ムパス国の伯爵家当主だよ」

『カイール・アスランと申します』

ルビナに挨拶をするカイール殿。ルビナにもきちんと伝わっていた。

「ムパス国の方でしたのね。わたくしはルビナ・ローゼンと申します」

淑女の礼をするルビナ。カイール殿にも伝わったようだ。ホテルでの出来事に感謝をしているとルビナに伝え、今後取引先となることを伝えた。カイール殿はルビナに今度妻を連れてくるからそのときは食事をしよう。と言って帰って行った。

「どこで縁があるかわからないものだね。この契約はルビナのおかげだよ、ありがとう」

ルビナがあそこで部屋を譲る。と言わなければ今はないのだから。

「偶然ですよ。それに旅行を計画してくださったのはジェイ様ですし、お部屋の手配もジェイ様ですよ。私は何もしていません」

「そういうところがルビナの優しいところで、愛らしいよ。ルビナは私にとって幸運の女神様だ」

音を立て額にキスをした。ルビナが額を押さえ、私を上目遣いで見てきた。

「うっ、これは、いかん」

ルビナの顔が赤いのでつい私も顔が赤くなってしまった……。あの日のこと——旅先で一緒に寝たこと——を思い出した、しかしここは仕事場で……。

コンコンコン……。

「ジェイ様、そろそろ向かいませんと予約の時間に間に合いませんよ」

侍従が扉をノックする。最近は部屋に二人でいても注意されないし、人払いをするとスッといなくなるもんだから、うっかりしてしまった。

「……今行くよ」

目をつむり心を落ち着かせる。ルビナの顔も落ち着いてきたようだ。

「行こうか？　近くのレストランを予約したんだよ」

「はい」

手を繋ぎ歩き出した。店の裏から出ると日差しが眩しい。

「いい天気ですね」

「そうだね」

気候の話題とは何気ない会話の中でも一番役立つものだと思った。今日はルビナの好きそうな新鮮な季節の野菜がたっぷり使われているランチのコースを予約した。

「ここのレストランは、植物園の野菜を使っているんだよ。ハーブを使った料理もおすすめだ」

部屋に飾ってある花も納入させてもらっている。取引先も増えて、植物園のスタッフは忙しいと喜んでいた。ゆっくり味わっているとガラスの器が出された。

「このソルベ、すごく爽やかです。お口の中がさっぱりします」

「ミントとオレンジを使っているのか、さっぱりしておいしいね」

ルビナが朝食を夫人と食べた。という話題になった。夫人からの伝言？

【信頼しています】

それ以上は手を出すな？　ってことかな。

「何かあったらジェイ様に責任をとってもらえばいいって言われましたが何のことですかね？

危険なことはしませんよね？　夜のボートは少し怖かったですけど」

何かあったらねぇ……　〝そのときは誠意を持って責任を取る所存です〟といえばいいのか？　信頼しています……。重い言葉だな。

「それよそで言っちゃいけないよ。責任を取るということは、ルビナをお嫁さんにもらうということだから、その点は安心してほしい」

「あっ！」

ようやく気が付いたかい？　ルビナももう何も知らぬ子どもではないんだな。

……って！　どこで教えられたんだ！　この話題はもうやめよう。変な空気になると困る。楽しく食事をしたい。

「あー、あれだ、家具は決まったかい？」

無難な話題……。

「は、はい。決まりました。今朝お母様に自分が使うものだから好きなものを選べばいいと言われて、直感で選びました」

悩んでいたもんなぁ。ルビナは物を大事にするタイプだからひとつひとつ丁寧に選ぶ。

「珍しいね、直感だなんて」

「はい。どちらにしても好きなタイプの物でしたから。ジェイ様が事前に見てくださっていたから無事に選べました。実際はたくさんのデザインがあったのでしょう？」

「口の軽いものがいるのかな？」

家具はルビナに選んでもらうつもりだったが、デザイン画が多すぎたので少し選ばせてもらった。

「そうではありませんよ。デザイン画をたくさん持っていたのを見て、ジェイ様ならきっと私の負担を軽くするためにそうするだろう。と思いました」

「……ルビナを信用してないわけではなくて、」

「はい。デザイン画がたくさんありましたから抜粋してくださったんでしょう？　だってどれも好きなタイプの物ばかりでしたもの。おかげでスムーズに選ぶことができました。私だけだったら間に合わなかったと思います」

着々と結婚準備が整ってきた。

第七章

甘やかしたい

「ジェイ様、お疲れですか？」

結婚式の準備が整い、来月結婚式を迎えることになりました。ジェイ様は仕事が忙しいのに、結婚式の準備にも人一倍気をつかっています。

「うん。疲れた。今日の仕事相手は気を張る方だったから……」

本日はジェイ様の屋敷にお泊まりします。実は学園を卒業したあたりからお泊まりの許可を得ています。と言っても入り浸るなどしていません。適度になら許可する。と言われていますから、お父様やお母様の信頼を裏切るような真似はしていません。

ジェイ様が私の隣に座って肩に頭を乗せて来ました。ジェイ様が私に甘えてくれています。珍しいです。

「もういやだよ、疲れたよ。一日中ルビナとこうしていたいよ」

「ジェイ様が愚痴を吐くなんて珍しいですね」

頭を撫でると静かになりました。どうしたのでしょうか。

「ルビナに甘やかされるとはいいもんだね」

「ジェイ様は働きすぎですよ。少し休んでください」

「今が頑張りどきだからね……。ありがとう」

ジェイ様の頭を私の膝に乗せた。膝枕ですね。

「こちらこそいつもありがとうございます」

ジェイ様の頬にキスを落としました。

「ルビナがいるから頑張れる。来週にはこの仕事も片付くと思う」

ジェイ様は私の頬を撫でました。国外からの商品の仕入れ問題で王宮事務官の方と話をされたようです。国外から違法な商品が入ってくるのを防ぐためらしいのですが、違法薬物が問題に上がっているようです。販売ルートや港での検問など、細かい事務作業が多いのだそうです。侯爵様に相談すれば人を遣《よこ》して、王宮事務官の方に話をうまく通してくれるのだそうですが、ジェイ様は自分の仕事だから。と言い奮闘されています。


「ルビナ、今日は何をしていたか聞いてもいい？」

ある日のこと、ジェイ様は疲れた。と夕方に帰って来ました。最近は休みなく働いていますので、王宮から直帰して来たそうです。侍従の方はジェイ様がお疲れなので休んでください。と言い残して帰っていきました。

「ジェイ様、そろそろ食事にしませんか？」

「そうだね。食事をしながら話を聞こうか」

食堂に着くと、ジェイ様には椅子に座ってもらって、厨房の様子を見に行きます。

「ルビナ、どこに行くんだ？」

「お待ちくださいね！　すぐ戻りますから」

言われたとおりおとなしくジェイ様は椅子に座っていました。

「お待たせしました」

カラカラとカートを押して戻ってきました。エプロンをつけていたのでジェイ様は首をかしげています。

「どうしたんだい？　給仕をしてくれるの？」

ジェイ様と私のテーブルにビーフシチューとパンとサラダを置きました。シンプルですよね？　でも私にはこれが限界でした。全て並べ終えるとエプロンを外して席に着きます。すると給仕が赤ワインを淹れてそっと、離れました。

「このビーフシチューにはワインが合うんですよ。良かったらチーズもどうぞ」

「ん？　珍しいね。シチューが出るなんて」

シンプルな食事を興味深く見るジェイ様。

「今日は私が夕食を作りました！　先ほどのジェイ様の質問の答えは、今日は料理をしていました。です」

「ルビナが作ったの？　これを？　すごいじゃないか！」

「驚きましたか？　冷めてしまいますから温かいうちにどうぞ召し上がってください」

ドキドキしながらジェイ様が口に入れるのを待ちます。

「美味いよ！」

「良かった。お疲れでしたので、食べやすい物をと思って作りました」

「そこまで気をつかってくれていたのか……。ありがとうルビナ」

「このシチューはお母様の実家でよく作られている物で、レシピを教えてもらいました。お母様の実家のワインを使うことでまろやかな味が出せるそうです。私も大好きでお母様の実家に行く度に作ってもらいました」

お母様の実家の伯爵家はワインが盛んに作られていて上質なワインは高値で売買されているそうです。だからお母様はお酒がとても強いのです。

「サラダのドレッシングも美味しい。いつもと何が違うんだろう？」

さすがジェイ様。味の違いがわかるなんて！

「これは白ワインビネガーを使っています」

「これもルビナが？」

「はい。簡単に作れますよ。シェフにも味見をしてもらいましたし、サラダは植物園のもので新鮮です」

いつもはシェフが仕入れるのですが、お願いして購入しました。

「美味しいよ。パンもほのかに甘くてワインにもシチューにも合うね」

「ミルクパンといいまして簡単に作れるのですが、形がいびつになってしまいました」

「これもルビナが？」

「はい」

「すごいな。こんな特技があったなんて知らなかった」

……特技といえるほどではないので、ここは素直にお答えしましょう。

「練習を重ねてようやくお出しできるようになったのです。お父様もお母様も、しばらくシチューは見たくないって言っていましたもの」

毎日同じものを作り続けるとさすがに上達しますよね。お母様にワインが勿体ないと怒られてしまいましたから、伯父様にお願いして分けてもらいました。伯父様にこの話をすると、うちで作っていいよ。と言われたので伯父様の家でシェフに教えてもらいながら作ったのです。完成品をお出しすると喜んでくれました。私が練習していることを知っていましたから練習の甲斐があったね。と伯父様は褒めてくれました。

「その気持ちが嬉しい。おかわりをしてもいい？」

「はい」

喜んでくれたみたいで嬉しいです。

「本当に美味しい。また作ってくれる？」

「はい。伯父様にワインを分けてもらいますね」

「それは申し訳ないから購入するよ。ルビナに頼まれたら伯爵は断れないだろう？」

伯父様の家に女の子はいないので、私を可愛がってくださいました。ジェイ様が言うように私が伯父様にワインを分けてほしいと頼むとお金を受け取ってもらえません。ジェイ様を伯父様に会わせたときに伯父様は不幸にしたら命がないと思えよ。って、お父様でも言わないことを真顔で言いました。ジェイ様はご安心ください。とキッパリ答えてくれて、かっこよかったなぁ……！

「伯父様は好きなだけ持っていっていいと言ってくれるのでその言葉に甘えています。今日開けたワインはとても高級な物ですよ。ボトルが残ったら手伝ってくれたシェフに渡したいと思います」

ジェイ様も私も一杯だけ飲むことにして、後はシェフにお裾分けです。

その後のデザートはパウンドケーキを出しました。オレンジを使ったパウンドケーキでこれも手作りです。今日は一日中料理をして過ごしました。

ジェイ様はシチューをとても気に入ってくれてワインの定期購入を決めたそうですが、その後私宛に伯父様が勝手に送ってくるようになりました。

ジェイ様は買った方が楽なのになぁ……。と言いながら伯父様にお返しを送るようになりました。

次の日もジェイ様の屋敷にお泊まりすることになりました。今日は待ちに待った花が咲くのだそうです。蕾がぱんぱんになっていて庭師曰く〝今日咲かないとこの花は咲かないと思います〟だそうです。咲かないとどうなるの？　萎れてしまいます。ですって……！　それは悲しい。でもこればかりは自然の力なので咲くことを祈りたいと思います。今日は満月で、このお花は満月の日に一日だけ。しかも数時間のみ咲く花で、咲くとすぐに枯れてしまう儚いお花なのです。

　蕾になっても萎れてしまったり、蕾になる前に枯れてしまったり……。次はいつ咲くのか、数年後なのか数十年後なのか……。楽しみ半分、不安半分と言ったところで、ジェイ様が今日もヘトヘトになって帰って来ました。

「疲れて帰ってきてもルビナが迎えてくれるのはいいもんだね」

　今日もジェイ様は王宮に行きました。国外からの定期的な商品仕入れだけど、レオ様も関わっているというので大きな問題はないようです。レオ様の信頼たるや！

　それに私たちの結婚式にはレオ様が出席なさるので、王宮での滞在が決まり今回の件も今日でなんとか目処がついたようです。

「レオが王宮での滞在が決まったから退屈だと拗ねている。ほかの招待した友人にはホテルで滞在してもらう。あまり長くはいられないようだが、皆来てくれる」

　レオ様は二週間の滞在予定です。奥様は現在妊娠中でご実家に帰っているので、どうぞゆっくりして来てくださいな。と言われているようです。

「レオ様は王族ですもの。そうなりますよね。何かあっては大変ですもの」

警備の問題がありますよね。元とはいえ王子様で、王族です。友達の結婚式のために来るだけだ！　と言っていたようですが、そういうわけにはいかない！　と王宮での滞在になったようです。

「今回うちには泊めてやれないからね」

「……はい」

新婚家庭の屋敷に泊まりにくるような真似はせん。とレオ様からお手紙をいただきました。食事をし、湯浴みをして温室へと行きました。温室は心地のいい温度に設定されていました。

「ジェイ様、お茶をお淹れしますね」

お茶を淹れる準備をしてもらい、ミルクティーを淹れました。

「はい、どうぞ」

カップを受け取るジェイ様。少し大きめのカップに淹れて渡しました。

「ありがとう。蜂蜜が入っている？　コクがあって美味しい。落ち着く甘さだね」

「はい、蜂蜜を入れるとほっとしませんか？　ジェイ様、お花が咲きそうになったら声をかけますから、少し目を瞑られてはいかがですか？」

毎日お疲れですから、休んでほしいと思いました。

「いや、勿体ないよ。こんな機会なかなかないからね。愛する人と一緒にこの花が咲く瞬間が見られるなんて思わなかった。私も噂でしか聞いたことがなく目にするのは初めてだ。この花はとても珍しく、今の技術では増やすことが不可能といわれていて貴重なんだ。この花が咲いたら屋敷の者に見に来てもいい。と伝えてあるから興味があれば見にくるだろう」

屋敷の皆も咲くかどうかと、朝からそわそわしていましたもの。皆で楽しむだなんて素敵ですね。少し離れたところには植物園の人たちもいます。

「マルクさんたちも呼んであげれば良かったのに」

「……マルクたちがいたらルビナとこうしてのんびり花を咲く様子を観察できないよ……。それに夜だし子どもは寝る時間だよ」

「そうですね。子どもが夜更かしすると悪い子になってしまいますもの、良くありませんね」

「悪い子になる？」

「はい、子どもの頃眠れなくてお部屋をでたらおばあ様に見つかって言われました。夜更かしは非行の始まりだって……。悪い子になりたくなくて、その日はお兄様と寝ましたもの」

「今はいいの？　もう遅い時間だけど」

くっくっくっ。と笑い声が聞こえた。

「もう成人していますから大丈夫です。その後に、夜更かしををするとお化けが出ると言われて、怖くてお兄様に一緒に寝てもらいました」

「……それはルビナが何歳の話かな？」

「十歳くらいだったと思います。お兄様は眠るまで一緒にいてくれました」

「もう怖くない？」

「はい。お化けがおじい様やおばあ様だといいよね。とお兄様に言われて、それならお化けに会うのも怖くないと思いました」

おじい様とおばあ様は、馬車の事故で亡くなりました。急なお別れで悲しくて屋敷内は暗かったです。

「そうだね。そういう考え方もあるね。おじい様とおばあ様はどういう方だった？」

「二人とも厳しくて優しくて凛としていました。大好きでした」

「お会いしたかったね。たしか崖崩れに巻き込まれて。不幸な事故だったね」

「ジェイ様を紹介したかったなぁ。お二人とも喜んでくれたと思います」

少し思い出に浸っていたらジェイ様に肩を抱かれました。

「こんな姿はお見せできませんね。結婚前に異性とくっつくなんて、ふしだらです！　と怒られそうです」

「もっと怒られるようなことする？」

「え？」

ジェイ様のお顔が近づいて来ました……。こ、これは口付けをされる？

ギュッと目をつむったときでした。

ピチョ……、っと首筋に冷たいものが！

「きゃぁぁっ」

ごんっ。重い音がしました。

「いてっ」

私が悲鳴をあげるとジェイ様はあごを押さえていました。私の頭がジェイ様のあごに命中したようです！　だって急に首筋に……。

「ひどいな、ルビナ」

「だって、首筋に冷たいものが……あっ！」

上を見て指を指す。

「ジェイ様っ!!」

「あっ！」

「すごい」

「うん。これは思った以上だよ」

待ちに待った花が咲きそうになっています。ぱんぱんに膨らんできた蕾が、まるで目覚めたようでした。

さっき首筋に落ちて来たと思った水は花のエキス？　だったみたいです。

「甘い香りがしますね」

「うん。上品な香りだ」

あっという間に白い大輪の花が咲きました。

「きれい……」

「うん。幻想的だ」

思わず言葉を失うようなそんな気持ちになりました。植物園の方たちも近くに寄り観察をしていますし、使用人たちも花を見に来ました。観察する人、スケッチをする人までいます。花の香りに包まれてリラックスしています。ほんのり甘く、とてもいい香りです。私はジェイ様に肩を抱かれたままで寄り添っています。

「もうすぐ枯れてしまうなんて信じられません……」

「たった数時間のために、何年も何年も花を咲かそうと栄養を蓄えて頑張っているんだよな。だからこの花は幻想的で美しいのだろう」

「あっ、」

花びらが……！

一枚、二枚……。とひらひらと花びらが落ちてくるとジェイ様の指示により植物園の人たちが拾い集めました。

「この花びらは食すことが可能だそうだ。どんな味がするんだろうね」

どうして食べようとした人がいるんでしょうか……？　珍しい花だから食べずにいられなかったとか？　何でもトライして今世に残してくれたのは有り難いですが、毒があったらどうしたのでしょう……。そう思っていたら、私の膝の上に花びらがはらりと落ちました。その花びらを手に取って、口に入れてみました。

「ルビナ!!」

ジェイ様は驚いた顔で私を見ていました。

「うん。口の中で優雅な香りが広がりますね、美味しいかと言われれば、ほんのり苦いです。ジェイ様もどうぞ」

ジェイ様の口の前に花びらを持っていく。

「あーん。してください」

するとジェイ様は躊躇わずに口に花を入れた。ついでに私の指も……。

「ジェイさま、」

そっと指を離してくれました！　そして味わうように花びらを堪能するジェイ様。

「口の中に広がる甘い香りだ。たしかにほんのりと苦い。毒はなさそうだが……。ルビナ、確かめる前に口にしてはいけないよ。驚いて止められなかったじゃないか……」

残り数枚の花びらは植物園の方に渡したようです。

「次はいつ見られるかわかりませんから、つい……」

「わからなくもない。このまま特殊な液体につけて残しておこうとも考えたんだが、儚い花なのに残しておこうとするというこちらの勝手な意向のような気がしてやめた」

残しておくこともできたのですね。でも……。

「はい、私もそう思います。次にまた見られる日までのお楽しみですね」

「貴重な体験をさせてもらった」

すると元気だった枝も萎れていきました。

「次に咲く日があればまた一緒に見ましょうね」

次の約束があるのは嬉しいものですね。そのあと部屋に戻ろうとジェイ様に部屋の前まで送ってもらいました。

「おやすみ」

「はい、おやすみなさい」

と言って別れるつもりだったのですが、気が付くとジェイ様の上着の裾を掴んでいて……。

「ルビナ?」

「あっ、あれ?」

パッと手を離しました。

「「…………」」

沈黙が重い。と言っても嫌な沈黙ではなくて。

「誘われている？　とか？」

「へ？　あ、え？」

変な回答でしたが、もしかしてそうなのかもしれません。

「あ、えっと、その」

「冗談だよ」

ジェイ様は言うけれど、そうだけど、そうではなくて。

「少し冷えたので……一緒にいてくださいっ、あ、添い寝？　そう。添い寝してください」

驚くジェイ様に勇気をふり絞りました。

「……ただ、もう少し一緒にいたくて、ダメ？　ですか」

「い、いや、ダメじゃない。ダメじゃないよ……。寝るだけだ。添い寝……、うん、」

チラッとメイドたちと目が合うと、ささっと姿を消しました。花を見ていたときの余韻に浸りたいというか……。

「私の部屋に来るか？　この部屋のベッドより広いから……」

「……はい」

そのまま無言で手を繋いでジェイ様の部屋へ。ジェイ様の私室に入るのは初めてでした。緊張します……。その、新婚になるので家具を揃えていてほぼ、二人の部屋はでき上がっているけれどその部屋は結婚してから使うから……。

ジェイ様の部屋は、シンプルで品のある家具がジェイ様そのものといった感じで、私が今使わせてもらっている客室のベッドより広く感じました。手を繋いでベッドに行き二人で並んで腰掛けました。

「……寝ようか」

「はい」

ただ並んで眠るつもりだったのですが、やはり腕枕で……。

「ジェイ様……、腕つらくないですか？」

「うん、ルビナは軽いから」

「あごは、大丈夫ですか？」

「あぁ、さっきの？　忘れていた。大丈夫だよ」

「………」

無言になってしまいました。だってジェイ様の寝具はジェイ様の香りがしてどきどきするんですもの。しばらく無言のままでしたが、すーすー。と寝息を立てる音が聞こえて来ました。ジェイ様お疲れだったから……。ジェイ様の息にあわせて呼吸していると私もいつの間にか眠りに落ちていました。

ジェイ様ゆっくりとお休みくださいね。

～ジェイ視点～

やってしまった！　本当に疲れていた……。王宮の事務官は細かい。この仕事さえ終えれば楽になるんだ。来月はやっと結婚式だ。結婚式までに面倒ことを終わらせたい。と自分でいうのもなんだが頑張っていた。


『デュランド伯爵とレオナルド殿下が親しい間柄であることがよくわかりました』

『留学時代から親しくさせていただいております。そのあとも友人として交流を深めています』

という話からだったな……。来賓としての出席、王宮での滞在、護衛の配置など……。

レオナルドは意外にも？　外交官として才能があるようだ……。そしてなぜか我が国での人気が高い。故に私を友人だと言いふらして？　くれるので今回の件も思ったより早く解決した。レオナルドはいつまで殿下と呼ばれるのだろうか？　望んでないだろうに。

それにしても王宮は堅苦しい。兄たちは毎日こんな窮屈なところで戦っているのか。頭が下がる思いだ。〝長兄の氷の侯爵〟とかいう二つ名。家族からしたら信じられないだろうが、二面性がないと戦えないのだろう。と理解する。次兄は騎士団を纏める副団長補佐で、鬼だとか悪魔だとか言われているようだし騎士団に所属するのも大変だ……。

「ジェイ！」

後ろから規則正しく歩く音が聞こえる。

「兄上、こんな場所で会うなんて奇遇ですね」

噂をしていたら次兄のパーシーだった。私の連れてきた侍従たちは頭を下げていた。

「それはこっちの台詞だ。王宮にいるなんて珍しいじゃないか、何をしているんだ？」

「商品の取引についてですよ。事務官に書類を提出しに参りました。兄上は何をされているのですか？」

ざっと後ろに五人ほど部下を引き連れていた。強面な集団だな……。

「今から訓練を付けに行くところだ。帰るところだったのだろうが、お前も付き合え」

騎士団の訓練に付き合えと？　いや。帰りたい。

「大変嬉しい申し出なのですが、ルビナが家で待っているので、私は失礼します」

冗談じゃない、精神的に疲れているのに体力も奪う気なのですか、兄上！　という目を向けた。

「せっかくの機会だぞ。体が鈍るとルビナさんを守れないんじゃないか？　紳士たるもの――」

これは長くなりそうだ……　〝行く〟と言わない限り続くのだろう。周りの騎士団の人たちにも申し訳ない。

「……着替えもないですし」

さすがに登城してきたこの衣装で訓練は無理だ。汗臭いまま帰りたくない。

「ふむ。それもそうだな」

「はい、こんな衣装で騎士団の方と手合わせなど、」

「着替えの準備を」

兄が部下に指示した。

「はっ。どうぞこちらに」

すっと出てきて案内しようとしていた。

「えっ？」

「着替えればいいだろうが。帰りは風呂も用意してやる」

鬼だ……！　帰してくれよ。せっかく早く帰れそうだったのに……。

＊＊＊＊＊

「お、来たか」

シンプルなシャツと黒のスラックスを用意された。サイズもピッタリだ。もう稽古は始まっているようで、兄はそれを見て指導していた。

「脇が甘いっ！　ちゃんと相手を見ろっ。足が止まっているぞ！　なんだ、もう終わりか、実戦だと思え！」

木刀が飛ばされて私の目の前に飛んできた。それを拾った。すると……。

「なんだ？　やる気になったのか？」

と、パーシー兄が言う。

「いえ！　拾っただけですよ」

木刀を飛ばした相手は、次の対戦相手待ちだったようだ。

「ジェイが相手をする。ほらいけ！」

そう言って背中を押され、相手の前に出されてしまった。

「なんですか、この優男は……」

呆れたような若い団員。そりゃそうだよな。急に知らない男が相手だなんて。

「優男かどうかは対戦してから決めたらどうだ？　敵がいかつい男とは限らないぞ」

兄が冷えた声で言う。団員たちの前ではこんな感じなんだな。家では長兄と共に家族思いの優しい兄だったから驚いた。

「ほら、お前も突っ立ってないで相手をしろ。そうだな……。本気で戦って勝ったなら、帰っていいぞ」

勝ったら帰っていいのか！　それならやるしかない。腕まくりをした。

相手が木刀を構えてきたので会釈をし、同じように構えた。

「膝を突く。木刀が手から離れる。負けた。と言えば勝負がついたとする。いいな」

「「はい」」

返事をすると相手の男が先制攻撃を仕掛けてきた。それを軽く受け流す。動きは早いが剣が軽いな。ふーん。剣筋は悪くないがリズムが一定だ。次の手が読めてきた。

そう思い隙があった手首に木刀を叩き込む。すると木刀が地面に落ち、相手が左手首を押さえて痛みを堪える姿が目に映る。

「勝負あり、勝者はジェイ」

よし、これで帰れる。落ちた木刀を相手に返そうとし、拾った。

「あんた何者なんだ！」

「見てのとおり何者でもありませんよ？　単なる優男です」

自分で言うのもなんだが、そう見えるのだろう？　そんな相手に負けたのだと嫌味もこめて言う。

「ふざけるなっ！」

若い団員が叫ぶ。

「ふざけているのはお前だろう。鍛錬が足りん！　相手の見た目で優男と判断し勝負に負けるだなんてな！　第五隊長とは名だけなのかっ！」

兄が男にキツい口調で言った。第五隊長？

「……申し訳ありません」

「この優男が手加減したからそれくらいですんでいるんだぞ、真剣だと手首を斬られていた。見た目だけで判断するならお前は隊長として失格だ！」

「……以後そのようなことのないように気をつけます」

「この優男が――」

兄よ。もう帰らせてください。優男と何度言えば気がすむのですか？　その説教に私も付き合うのですか？　説教が終わり、兄が私を見てきた。

「よし、次！」

「……え？　私勝ちましたよ？　帰っていいんですよね？」

話と違う！　兄に抗議しようとした。

「本気でやって勝ったら。と言った。今は本気ではなかった。そうじゃないと相手の出方をのんびり観察している暇などなかろう。本気でやればすぐにケリがつくところを何分もかけおって。その間に守らねばならぬ存在が傷をついたらどうする？　囚われたら？」

……そのとおりだな。

「私が甘かったです」

ふっ。と笑う兄を見て嫌な予感がしたんだ。

「次の相手は誰だ？」

兄が言うとすぐに名乗り出てきた。

「俺が！」

これまた大きい相手だな……。疲れそうだ。早く勝敗をつけないとな。

「ハンデをやろう。木刀以外も使っていいぞ」

へー。それなら……！　と思い相手を見ると、ニヤニヤと私を見ていた。

「はじめっ！」

大男は早速突っかかってきた。体の割にスピードはあるようだ。そのスピードを利用させてもらおう。猛進してきた男が木刀を振る。それより少し早く男の後ろに回り首を手刀で叩いた。そして足を払い、転んだところ男の顔の横に木刀を刺す。

「……負け、ました」

驚きぐったりする大男。これで帰れる。本気で戦い勝ったし、時間もかかっていない。大きな男と戦うのには慣れているから、こんなものだろう？

「ほう。やるじゃないか！　ハンデはお前に与えたわけではないのにな」

ニヤリと笑う兄。

「それでは私はこれで、」

「次は俺とお願いします」

「あ、俺もお願いします！」

……聞こえない。何も聞こえないぞっ！

「ほぅ。皆のやる気を出させるとはなかなかやるなぁ。よし、体力面を考慮してあと三人だけで許してやるぞ！　おいっ、あと三人だけ相手にしてやる。先着順だ！」

……嘘だろっ！　訓練に付き合わされ身も心もボロボロになった。

「あんた優男に見えて強いんだな……」

最初に戦った男に声をかけられた。第五隊長だったか。

「……そんな優男に負けたんですよ？」

疲れているんだ、帰らせてくれよ……！

「ははは。そうだった。あんた一体何者だ？　補佐官との関係は？」

すっと私の後ろに来て兄が答える。

「私の実弟だ」

「え！　だからこんなに強いのですかっ！」

「違う。私が強いのは私が努力したからだ！　ジェイはジェイの戦い方を努力して身につけているだけだ。私の弟だから強いと思うのはジェイに失礼だ」

兄上……。

「……度重なる失礼をしました」

男は素直に頭を下げてきた。言われ慣れているんだ、気にしなくていいのに。

「頭を上げてください。気にしていませんから」

私たち兄弟はお互いに努力をしてきた。

そして言われた。

〝さすが侯爵家の人間だ〟と。

私たちの努力は侯爵家の人間としてできて当然、やって当然なのだ。何をしても一通りできるのは侯爵家の息子だから。個人としての努力などは関係なかった。でも私たちはお互いに知っている。努力をして今があることに。侯爵家の人間として恥ずかしくないように。

私は留学をしていたから、比べられる対象がなかったため比較的伸び伸びとしていたが、パーシー兄は長兄と比べ続けられていたのだ。それで今の兄上がいる。長兄を尊敬しているが、パーシー兄も尊敬している。この兄たちがいるから今の私がいる。

「兄上ありがとうございます」

兄に頭を上げる。

「今日は疲れているのに悪かったな。お前が全然顔を見せないから、少し意地悪をしたくなった。たまにはルビナさんと顔を見せてくれ」

「はい。義姉上にもよろしくお伝えください。これからもルビナと共によろしくお願いします」

「あぁ、伝えておく。次は結婚式だな」

「はい」

ようやく帰れるぞ！　団員に案内されてシャワーを浴び着替えて帰ろうと廊下を歩いていた。

「ジェイ」

……またなんでこんな場所に。

「兄上、どうかしましたか？　パーシー兄に用事でも？」

長兄に声をかけられた。

「お前に話がある」

「今日はとても疲れていまして……」

「私の執務室で休むといい、ついて来い」

「……ハイ」

断れなかった。騎士団の練習場から兄の執務室までは遠いんだ……。疲れているが兄の名前に傷付かぬよう背筋を伸ばし早足で進む。誰に見られているかわからない、ようやく執務室へと辿り着く。

「座ってくれ」

「ハイ、それでは失礼して」

ソファに座るとすぐにお茶が出された。

「何かあったら相談しろ。と言っただろう」

兄が口にした。

「お忙しいのに私の事業の件で兄上の手を煩わすわけにはいきませんから」

「面倒だったろう？」

「自分でやれることはやらないと一人前として認められませんからね」

「事務仕事くらい人に任せればよかったんじゃないのか？　それも仕事だろう」

信頼できる相手に任せろ。と言っているのだろう。

「レオナルドも絡んできますから私が話をした方が早いと思いました」

ふっ。と兄が笑った。

「そうだな。事務官と会ったときにお前を褒めていた」

いつものアレだ。

「さすが兄上の弟だと言われましたか？　それなら嬉しい限りですからね」

「私とお前は違う。私は自慢の弟だと思っている。私と違って頭が柔らかい。考え方が柔軟だ」

兄にこんなことを言われると、居心地が悪いな……。

「気楽な三男ですからね」

「周りが面白おかしく言っただけだろう」

「それでもネタになりますから」

笑いながら答えた。

「お前がいいなら、私が口を挟む問題ではない。しかし困ったことがあったら必ず相談してくれ」

「ええ、そのときはよろしくお願いします」

「……もうすぐ結婚式だな、一度兄弟だけで酒でも飲むか？」

改めて、こそばゆいな。兄もなんとなく照れているような気がする。

「いいですね。三人で酒を飲んだことはありませんでしたねぇ。良かったら屋敷に来ませんか？」

せっかくの誘いだ。と思い明るく答えた。

「結婚前の夫婦の家にか？　ルビナさんは嫌がらないか？」

「ルビナが？　それはありませんよ。屋敷の者も皆喜ぶでしょうしぜひおいでください」

「わかった。パーシーを誘っておく」

やっと解放された。早く帰らないと、今日は満月だ！　花が咲く予定でルビナが待っている！

そして花を見て、安心して眠ってしまったんだ……。心身共に疲れていた。

でも、いい一日だった。


なんだか温かいものを抱いて……。

「っ！」

昨日のことを思い出し、急に目が覚めた！

「んっ……、ジェイ様？」

モゾモゾとルビナが起き出した。眠たそうな目つきをしていたが、寝起きの顔も可愛い。

「起こしてしまったね……、悪かった」

「ジェイ様ゆっくり休めましたか？　お疲れだったでしょう？」

顔を上げて体を起こそうとするルビナを思いっきり抱きしめた。

「昨日は本当に疲れていて花を見て満足してすぐに眠ってしまったようだ。こんなに愛おしいルビナがいるのに眠ってしまうくらいに」

据え膳食わぬは男の恥というが、これは正解なのだ。

「お疲れでしたのね……。ジェイ様、苦しいですよ」

「すまない。幸せを噛み締めていた。朝起きて一番にルビナの顔を見られるんだから」

ルビナの体温を感じて、柔らかい髪を触れられるなんて幸せだ。そう思いながらも少し体を離した。

「私もそう思います。夜中ジェイ様の体温を感じて呼吸を合わせて眠りに落ちるのは幸せです」

ふにゃり。と笑うルビナを見て思った。私はラッキーだ。こんなにいい子を嫁にもらえるなんて！　キスをしようとしたら扉をノックがされた。呼んでないのに！

「起きていますか！」

「あぁ、起きている。入っていい」

のそっと体を起こした。ルビナは恥ずかしそうに顔を染め体を起こした。布団で体を隠している。メイド長とルビナ付きのメイドも同行していた。

「朝の準備をお手伝いします。ルビナ様お部屋へ」

「……ハイ。それではジェイ様あとで」

「朝食は一緒に」

頬にキスをしていったん別れた。

「ルビナ様とご一緒でしたのですね？」

「あぁ、何か問題でもあるかい？」

このメイド長は、私が小さい頃から付いていていた。侯爵家を出るときに一緒に来てくれた信頼できる相手だ。

「まったくありません。坊ちゃまは、ヘタレ、失礼……マジメですから手を出せません」

「我慢しているんだからなっ！　もし手を出した。と言ったらどうするつもりなんだ」

周りからヘタレだと思われているのか？　信頼という言葉が重いだけだっ！

「婚約者がいないのは女性に興味がないからかと心配していましたが、可愛らしいお嬢様を連れてくるものですから、私は嬉しくて仕方がないのですよ。もし、手を出してもきちんと責任を取るのでしょうから、よくやりました。と褒めて差し上げますよ。そんな坊ちゃまのお相手ですからお兄様もお喜びでしょう」

女性に興味がないわけではないからな。と言ってもスルーされるだろう。

「とても喜んでくれたよ。近いうちに兄たちが屋敷に来る。兄弟で酒を飲むことになったんだ。丁寧にもてなしをしてほしい、部屋も整えておいてくれ」

酒を飲むなら泊まって行ってもらおう。こんなことはなかなかないだろうから。

「まぁ！　かしこまりました。お任せください」

驚き喜ぶメイド長は兄たちが来るのが嬉しいようだ。メイド長は兄たちを知っているから。

「ルビナには私から伝えるから」

「ルビナ様もお喜びになるでしょうね」

「そう思うか？」

着替え終わり、食堂へ向かおうとしていた。

「もちろんです。家族思いでお優しい方です。屋敷の者は皆ルビナ様にお仕えできる日を楽しみにしていますよ」

「それは良かった。これからもよろしく頼むよ」

「なんですか、改まって。大人になりになりましたね。坊ちゃま」

「結婚したらその坊ちゃまはやめてくれるか？」

「いつまでも坊ちゃまは坊ちゃまですが、そういうわけにはいけませんね。旦那様、それともご主人様ですかね？」

嬉しそうに笑うメイド長。

「坊ちゃま以外ならなんでもいい」

「ルビナ様は奥様とお呼びしますので、旦那様とお呼びしましょうね」

なんだかくすぐったいな……。

食堂へ行き新聞を読んでいるとルビナが来た。

「お待たせしてしまいましたか？」

「いや。女性の方が支度に時間がかかるのは当然だし、新聞を読んでいたから気にしなくていいよ」

ルビナが席に着き食事が始まる。

通常朝は焼きたてパンとスープとサラダとベーコンのような簡単な物を食べる。朝からたくさんも食べられないし、手の込んだ物を作らせるのも申し訳ない。ルビナにそう伝えると、十分ですよ！　と笑う。しかしシェフはルビナがいるのならとフルーツやヨーグルトも出してくる。普段は用意しないくせにな。ちなみにレオナルドが泊まったときは朝から肉肉しい食事が出た。

「昨日兄たちと話をしたんだけど、近々兄たちを屋敷に招いて酒を飲もうと思っているんだ。せっかくだから泊まってもらおうと思っているんだけどいいかな？」

「兄弟水入らずで過ごすなんて素敵ですね。いい機会ですしお義兄様方と写真を撮ればいかがですか？　記念になりますよ」

「写真か……。たしかに大人になってからは撮ったことがないな」

「お義母様に差し上げたら喜ばれそうですね」

「喜ぶかな？　今は孫たちの方に関心があるだろう」

「いいえ。ご兄弟が仲良くて健康でそれぞれ活躍されているのですもの。喜ばしいですよ」

メイド長を見ると、頷いていた。

「そういうものか……」

次の週、兄たちが休みを取って屋敷に来てくれた。執事長やメイド長は張り切っていた。もてなしの料理にはルビナの案を取り入れたそうだ。

長兄はワインが美味い。と言った。それはルビナの伯父上からの贈り物だ。と伝えた。兄たちも気に入り契約をする。と言っていた。こうやって親戚として縁が繋がっていくのだろう。楽しく懐かしい時間を過ごした。いつぶりだろうな。

次の約束はないけれど、またいつかこうやって集まれる日が来たらいいなと思った。

第八章

ソフィアさんの結婚式

本日は私の友人のソフィアさんの結婚式に参列します。ジェイ様も一緒です！

「ソフィアさんおキレイですね。とても幸せそうで、私も嬉しいです」

ぐずっ。

「幸せそうな友達を見て嬉しいのはわかるけれど……。なんで泣いているのかな？」

ハンカチで目頭を押さえました。

「だって幸せそうですもの。嬉しくて涙が……」

男の人にはわからない感情なのでしょうか？　嬉しいけれど、少し寂しいようなそんな気持ちです。

「ルビナ、ソフィア嬢が手を振っているよ」

こちらを見て笑顔を見せてくれています。美しすぎて眩しいですっ。

「ルビナさーん。次はルビナさんの番ですよっ」

手に持っていたブーケを渡してくださいました。それは白いカラーのブーケでした。

「ソフィアさんっ。おめでとうございます、私、ソフィアさんのこと大好きですからっ」

変なことを口走ってしまいました……！

「変わらず、友達でいてくださない……」

ぐずっ。

「ルビナさんったら……。当たり前じゃないですか。ずっと友達でいましょうね」

ソフィアさんが抱きしめてくれました。

「ソフィア、そろそろいくよ」

ソフィアさんは旦那様に呼ばれて行ってしまいました。次は披露パーティーです。

「ハンカチを冷やしてこようか？」

ようやく涙が落ち着いてきました。

「もう大丈夫です」

急に恥ずかしくなってきました。人前でこんなに泣くなんて……。

レイチェルさんやデボラさんも涙目になっていたけど、私は大泣きしてしまいました。ソフィアさんの晴れ舞台なのに……。

披露パーティーでソフィアさんのご家族に挨拶をさせてもらっていたら、ソフィアさんの二人のお兄様が私に言ってくださいました。

「これからもソフィアを頼んだよ」

「ルビナ嬢も幸せにな」

とても嬉しかったです。ソフィアさんのお兄様たちも嬉しそうでした。

「ルビナはソフィア嬢と学園に入ってからずっと仲がいいんだったよね？」

テラスでジェイ様とお話しをしていました。

「はい。ソフィアさんに声をかけてもらってからお昼をご一緒するようになりました。義姉のシンシアさんとソフィアさんは親戚で親しいので、それもあって仲よくなりました。ソフィアさんにはいろいろと感謝をしています。ソフィアさんがいないと乗り越えられないこともありました。私の学生生活においてソフィアさんは恩人です」

あの日ソフィアさんがいてくれたから、今の私がいる。

「それにジェイ様のことも相談に乗ってもらいましたよ？　ふふっ。最近のことなのに懐かしいですけれど、ジェイ様と私をくっつけようとして応援してくれていました」

卒業してまだ一年も経っていないのにもう懐かしく感じるなんて……。時が経つのはあっという間ですね。

「あの学園祭のときかな？　あの日のルビナは可愛かったなぁ」

「今は可愛くないですか？」

ちょっと拗ねるように聞いてみました。お酒も少しだけ飲んでいます。

「今はきれいになった。大人の女性になったと感じているよ。ルビナ、今幸せ？」

それはもちろんです！

「はい。ジェイ様は幸せですか？」

「もちろん、幸せだよ」

答えるように手を繋がれました。

「先日の写真ができ上がった。母に渡したら喜んでくれてさ、領地に飾るらしい。自慢の息子たちと言われて、くすぐったい気持ちになったけれど嬉しかった。些細なことだけど幸せは積み重ねだよね。改めて気が付いた。ルビナのおかげだよ。ありがとう」

頬にキスをされました。

「卒業記念にお父様とお母様からジュエリーボックスをもらって、お母様が入れてくれた写真は家族写真で、思い出は大事だと思いました。一瞬を切り取っていて、幸せなときや人が集まったときに写真を撮りますもの」

写真はまだ高価で一般的になっていないものの、貴族の間では大人気。カメラマンが憧れの仕事になっている。本日の結婚式にもカメラマンが同行しています。貴族向けの新聞には写真を掲載する記事も増えてきています。

「兄たちと写真を撮って思ったんだけど、今度屋敷の皆を集めて写真を撮ろう。ルビナと私の新生活の記念に」

「いいですね。エントランスに飾りましょうね」

お父様が人材は宝だと言っていました。屋敷で働く皆は家族のようなものだと。本当は写真を撮ったら皆に配りたいところだけど、屋敷の中のことは口外無用としています。写真を落としたり、人に見せたりして、屋敷内のことが外部に漏れるのは困りますものね。

少し冷えてきたので会場に戻りました。ダンスを踊って体を温めていたら、ソフィアさんから声が掛かりました。

「ルビナさん、一緒に写真を撮りましょう」

レイチェルさんデボラさんと四人で写真を撮ってもらいました。ソフィアさんの旦那様とその友人も写真を撮っていました。それからお互いの友人たちを交えて写真を撮ることになりました。

その後、ソフィアさんの旦那様の友人に声をかけられ……。

「初めて見る顔だけど、可愛いね。どこの家の子？　一緒にお茶でもどうかな？」

急だったので驚いて、答えに迷ってしまいました。ソフィアさんの旦那さんの友人だから、遠回しに断った方が……。

「ストップ！」

ジェイ様が来ました。

「私の婚約者を可愛いと言ってくれてありがとう。しかし君の質問に答える気はない」

ジェイ様はにこりと笑い私の腰を抱き寄せました。二人でいると対になったような色合いの衣装です。

「……そうでしたか。それは、残念です、私はこれで……失礼」

そう言いソフィアさんの旦那さんの友人はそそくさと去って行きました。

「まったく油断も隙もない……」

ぼそっと呟くジェイ様。

「初めてお会いする方が多いですから、婚約者がいるかどうかはわかりませんものね」

そっとジェイ様に寄り添いました。

「結婚直前の婚約者同士に、部外者は必要ない」

少し声のトーンを抑えていました。怒っているみたいです。

「ふふっ。それではずっとこうしていましょう。ジェイ様が一人でいたとき遠目から令嬢たちの視線を集めていましたもの。妬けてしまいます」


〜ルークの想い〜


「仲がいいようで安心しましたね。ルーク」

妻のシンシアが宥めるように言った。

「……ルビナが幸せなら、それで、いい」

「発言と顔が違うわよ？　あらあんなに幸せそうに笑い合っているわ」

二人でルビナとジェイ殿を見た。

「……私の手から離れていくのかと思うと寂しいと思っただけだよ」

寂しい気持ちはあるけれどルビナの笑っている顔を見ていたいと思う。

「ルビナには幸せになってもらいたい」

「私も同じだけど、ルークの想いはすっごく重たいわ」

クスクスとシンシアが笑う。

「そうか？　ルビナと長い時間過ごしてきたけれど、私ではあんな顔をさせられない。だからこそジェイ殿にルビナを任せてもいいと思っているんだが？」

「ルークが認めた人ならジェイ様は間違いないわね！」

そういうことにしておこう。

第九章　嫁ぎます

もうすぐ私はジェイ様の元へ嫁ぎます。ドレスの最終チェックをすませてから、学生時代の友人たちとお茶会をしています。うちでお茶会を開くのはこれで最後になるでしょう。

ソフィアさん、レイチェルさん、デボラさんとは学生時代から変わらず親しくさせていただいています。ソフィアさんから、先日の結婚式の写真をいただきました。

「……私、ひどい顔をしていますね」

ソフィアさんが遠くへ行くようで、嬉しいのに泣いてしまいましたから。

「そんなことありませんわよ。ルビナさんの涙でどれだけの人が虜に、こほん。いえ、忘れてくださいませ。来週はルビナさんの結婚式ですわね。私楽しみで仕方がありませんのよ」

「ルビナさんのドレスは伯爵様がデザインに関わっているのでしょう？」

「ルビナさんのドレスはいつも伯爵様からの贈り物ですものね。楽しみですわね！」

ソフィアさん、レイチェルさん、デボラさんと楽しく話をしていると学生時代に戻ったようで懐かしいのに話題は変わらずジェイ様のことで……。

「ジェイ様のこだわりのドレスです。楽しみにしていてくださいね」

私が言うと目が合い皆で笑いました。

「やだ、もう。ルビナさんのドレスなのに伯爵様のこだわりのドレスだなんて、おかしいですわね」

「ですが、ジェイ様の方が私より遥かに私に詳しいんです。ジェイ様にお任せしておけば似合うドレスを提案してくださりますもの。私が意見をしたのは、参列者のみなさんが笑っている式がいいと言いました。実は全貌を知らないんです。携わったことと言えば、お料理とお土産くらいですから」

ソフィアさんからは結婚式の準備が大変だと話を聞いていましたが、人それぞれなんでしょうか？

レオ様が来るので警備の面ではお義兄様率いる騎士団の方が警護をされるそうです。以前来たときはお忍びでいらしたようですが、今回は王宮で滞在されるということで、しっかり警護されるようです。レオ様の嫌がる顔が目に浮かびます。

「ルビナさんってば……。ご自身の結婚式なのに！　私は婚約者が任せると言って、あまり参加してくれないのが不満ですわ」

レイチェルさんは半年後に結婚式です。

「私は恵まれていると思います。みなさんがいろいろと動いてくれて……。ジェイ様はお疲れなのにいつも優しくて、思いやりがあって、強くて、私なんかには勿体ないくらい素敵な方なんです」

力説しました。すごく素敵だということをみなさんに知ってもらいたくて……。

「惚気ですわね」

「ご馳走様です」

「お幸せに」

「ルビナさん応援隊の私たちとしては、満足のいく結果になったので、よしとしましょう！」

「ソフィア隊長もしかして解散ですの？」

「あとは勝手にどうぞ。といった感じですわね」

学生時代と変わらない会話で、とても楽しいひとときです。

「ずっとお友達でいてください。私ソフィアさんの結婚式ではおめでたいはずなのに、寂しく感じてしまいました。ソフィアさんをなぜか遠くに感じてしまいました。友達の幸せを喜んでいたはずですのにおかしいですね」

「「わかりますっ」」

レイチェルさんデボラさんが声を揃えてお返事してくださいました。

「え？」

「すごく幸せそうで見ていて嬉しいのに寂しく感じましたわ」

「私もです。置いて行かれている？　といった感じもしました」

「まぁ。私は何も変わっていませんわよ！」

「ソフィアさんはとても愛されているようで、結婚式では輝いていました」

「……恥ずかしいですわね。ルビナさんほどではありませんわよ。夫の友人はルビナさんに婚約者がいると聞いてショックを受けていましたわ。一目惚れだったようですが、伯爵様といる姿を見て諦めたそうですわ。それでも邪魔するようなら、馬に蹴られろ。ですわね」

ふん。っと息巻くソフィアさん。

「私たちは学生の頃から、伯爵様とルビナさんの恋を応援していたのですから、誰であっても邪魔させませんわ！」

すでに伯爵夫人の貫禄のソフィアさんでした。

「ルビナさん、お幸せに！」

「ずっと友達ですわ！」

みなさんの言葉にじーんとして涙目になってしまいました。

「お友達でいてくれてありがとうございます。あの日ランチに誘ってくださったから今がありま す。みなさん本当にありがとうございます」

あの頃の私は人生のどん底でした……。婚約は破談になったけど、その代わりにいい友人に恵まれてジェイ様とも出会いました。

「これも全てご縁ですわね！」

ソフィアさんが明るく言いみんなで頷いて答えました。

どん底の後は這い上がるしかないけれど、私は皆の手を借りて這い上がることができました。

～結婚式の前日～


「ルビナお嬢様、湯浴みの時間です」

「湯浴み？　だってまだお昼前で、」

「何を呑気なことを！　湯浴みをしてトリートメントをして、パックをして、全身マッサージをしますよ」

ここ一週間毎日マッサージをされたせいか全身がピカピカです。香油だの、マッサージの器具など気が付けば増えていました。

なんでもムパス国は美容大国なのだそう。カイール様の奥様から友好の証にとたくさん美容グッズをいただきました。私はお礼に伯父様のワインをお返ししました。ムパス国ではワインは作られていませんので、喜んでもらえました。

あ、今回はきちんと伯父様にお支払いをしましたので悪しからずです。

「ルビナお嬢様！　もう全身ツヤッッツヤですよ！」

メイドたちはやり切ったという感じで、チームワークが芽生えているのです。

家族と過ごす大事な時間ということもあり、大体の家は結婚式の一週間はお互いに会うのを控えます。

一週間も会わないなんてジェイ様が出張に行ったときだけです。近くにいるのに会えないなんて、なんだか寂しいような気もしますが、手紙が届いてきて、こういうやりとりもすることがなくなるのかと思うと、それもまた楽しかったり、寂しく思ったり。

「ジェイ様、元気かなぁ」

ぽつり呟く。

「元気に決まっています。毎日お手紙とお花が届いているじゃないですか」

くすくす。と笑うメイドたち。新婚生活でもお世話になるメイドたちです。

我が家からもメイドが三人来てくれます。すでにジェイ様のお屋敷でも働いてくれていて、屋敷の皆とも仲良くなっています。

「手紙を読む限り元気そうよね。今頃何をしていらっしゃるかしら」

ご家族と過ごす……。ということはなさそうですよね。レオ様やご友人の方とお酒を飲んだと手紙に書いてありましたし、レオ様を囲んで王宮で会談をされたとも聞いているので、忙しくされているに間違いはありませんね。

ジェイ様にお返事を書いて届けてもらいました。それから庭の散歩をして、お気に入りのベンチでお茶をして屋敷に戻りました。

夕方になると家族が全員揃い晩餐となりました。

独身最後の夜です。しんみりするかと思いながらも楽しく過ごしました。

晩餐の後は、お父様とお母様とお茶をしました。

「今日でルビナがこの家で過ごす最後の日だと思うと感慨深い。ジェイ殿と幸せになるんだぞ。もしジェイ殿が許せないことをしたら、そのときは帰って、」

「旦那様っ！　そこまでっ」

お父様……。ジェイ様と何かあったら家に帰ってきていいって言いたかったのですね……？　お母様は縁起でもないこと言わないの！　と怒っています。

「ルビナ、ジェイ様を信じて幸せになるのよ」

「はい。いろいろとありましたがお父様とお母様のおかげで素敵な人と出会い結婚することができます。お嫁に行ってもルビナはお父様とお母様の子です……、だから、ずっとお元気で、いてください。ずっと見守っていてください」

大好きなお父様とお母様にきちんと挨拶をしたかったのに……。いろいろと考えていたのに。こんなことしか言えなくて、ごめんなさい。

みんな晩餐ではしんみりしてなくて明るく食事をしてくれたのに……。気が付いたら涙があふれていました。

「まぁ！　大変。目が腫れてしまうわ。せっかくきれいにしてもらったのに。ルビナは小さい頃は人見知りでずっとルークの後ろや、わたくしの後ろに隠れていたわよねぇ。懐かしいわ。あのルビナが好きな人と並んで歩くようになるなんて、わたくしはそれがとても嬉しいのよ。ルビナは可愛くて、素直で自慢の娘。明日はジェイ様のお嫁さんになるんだから、笑っていなさいね！ルビナは笑っていた方が素敵なんだからね」

「ばいっ。おがあさまっ」

涙が止まりませんでした。

「こんなときに言うことではないが……。モリソンの息子と破談になったときははらわたが煮え繰り返って、ルビナを嫁に出したくなかったものだ。可愛い娘が傷つく姿をもう見たくない、親のエゴだ。ジェイ殿ならルビナを幸せにしてくれると私はそう思っている。ルビナ、幸せになれ」

「ばい、おどうざまっ、ありがどうございばす」

「あれを持ってきてくれる？」

お母様が執事長に声を掛けました。すると箱が運ばれてきました。

「開けてみて？」

お母様に言われたとおりに、箱を開けました。

「？　レース？」

「そう。私が編んだの。ルビナのベールよ。わたくしが結婚するときも母がレースを編んでくれたの。だからわたくしも娘の結婚式にはベールを編むと決めていたの。ジェイ様ったらなんでも自分でやりたがる方だけど、これだけは譲れなくてね。明日娘がこのベールを付けて、愛する人と一緒になると思うとわたくしは嬉しくて堪らないのよ。もらってくれる？」

手に取りレースを見た。心がこもっていることがよくわかる繊細な作り。どれだけの時間をかけて編んでくれたのだろうか……。どれだけ私のことを思って編んでくれたのだろうか……。

そう思うとまた胸が熱くなりました。

「おがあさまっ」

お母様に抱きつきました。

「あら、喜んでくれたみたいね？」

えーん、えーん。と子どものように泣く私をお母様は優しく受け止めて頭を撫でてくれました。

「あら。小さな子どもみたいね。明日お嫁に行く子とは思えないわね」

「ぐずっ、だって……」

「ほら、旦那様からもあるでしょう？」

「え！　このタイミングで？」

出しづらそうに懐から何かを出してきました。

「……ルビナ、これは通帳だ」

「……？　はい」

「ルビナのために貯めていたんだ。このお金はルビナの好きなように使うといいが、何かあったときのためにと頭の片隅にでも覚えておいてくれればいい」

通帳を見てもいいそうで開いてみました。驚いて涙が引っ込むような、そんな感覚……。そんな金額でした。

「お父さまっ！　こんなに!!」

お父様もお母様も贅沢は好まず、いいものを長く使うようなそんな生活をしていて、ケチではなくとも先祖代々の物を大事にしていて、税収は領民に恥じないように使うものだと言って、領民の意見をちゃんと聞いてお金を使うタイプで、こんな大金を！

「これはルビナのためのお金と……例の慰謝料も含まれている。これはルビナの慰謝料だからそのまま通帳に入れた。詳細は言わないが、そういうことだ。金は邪魔にならないから持っていきなさい」

「え、でも、」

戸惑うような金額……。結婚するにあたってもお金をたくさん使ってくれて……、これ以上は。と思っていました。

「嫁に行くルビナにやってあげられる最後だと思え。これから家はルークとシンシアさんに任せるんだし、私たちはこれから隠居生活だ」

お父様はお母様と笑った。

「もらっておきなさいな、ルビナ」

お母様はそう言いお父様も頷いた。

「……はい、では。お言葉に甘えて……。何から何までありがとうございます。私はお二人に何か返せるものがありますでしょうか……」

親孝行をしたことがなかったように思えました。いつも助けてもらってばかり。

「ははっ。バカだな、ルビナ」

「お父様？」

「ルビナがこれからもずっと笑って暮らす。というだけでもう返ってきたみたいなものだ。なぁそうだろう？」

お父様がお母様を見る。

「ええ。そのとおりね。ジェイ様は誠実な方だから大丈夫よ！　明日の式では笑っていなさいね。わたくしたちはしんみりするのは好きじゃないの。ルビナ笑いなさい」

明るいお母様らしい意見で、お父様も一緒に笑っていました。二人が笑っているのをみて私も。

「はい」

笑ってみた。

「そうと決まったら、目を冷やして寝ちゃいなさいな！　寝不足は美容に良くないわ。明日はとびきり美しいルビナを皆に披露しましょう！」

そして私はメイドたちにより部屋に連行され目を冷やされる。そしてパックとマッサージをされ、落ち着いたのでした。

＊＊＊＊＊

「ルビナちゃんきれいになったな。元々可愛らしかったけど数年で変わるんだな。」

レオナルドが言った。

「ルビナは磨けば磨くほど美しくなる。中身の美しさも相乗効果で、優しくて癒される。この前は手料理まで振舞ってくれてさ、本当に私はラッキーだ！」

レオナルドと酒を飲み交わす。今日は王宮で泊まる予定で、現在レオナルドが滞在している貴賓室にいる。

「そうか、そりゃ良かった。俺もお膳立てをしたんだ。感謝しろよー」

ぐびっと酒を飲み干すレオナルド。

「そうだな。感謝する」

「やけに素直だな。それにしても俺はお前がこの国に留まるとは思わなかったし結婚して落ち着くとも思わなかった。適当な爵位をもらい外国を転々とするものだと思っていた」

知らないことを知りたいという欲求があった。だから留学をした。国を出て個人として認めてもらいたかった。

「まだ子どもだったんだ。留学していろんな国に行っていろんなものを見てさ。しかし国へ帰ると逆に国のことを知らなすぎた。そしてルビナと出会って一緒にいたいと思った」

国を出た頃私は若かった。家族と離れ留学をすると決めたのは自分で後悔はなかったが、つらいときはあった。そういうとき必ずレオナルドが『訓練しようぜ！』と言い連れ出してくれた。そしてレオナルドは『体を動かして、腹をすかして飯を食って寝れば余計なことを考えない。筋肉は裏切らないぞ』と言った。

『さすが脳筋だ……』と答えたら、レオナルドは笑っていた。平民貴族問わず、レオナルドの周りに人が集まるのはこういうところだろう。大胆に見えて繊細。友を大事にする。その中の一人に私もいるのだろう？

「へぇ。そりゃいい。お前は女性が恋愛対象ではないのかと思っていた」

「やめてくれよ……。それはない」

私は友にもそういう目で見られていたのか……？

「何はともあれ良かったな！　親友の結婚式に出席するなんてこんな喜ばしいことはない」

親友か。そうだな、そう思う。

「私もレオナルドの結婚式は思い出深い。それに結婚式の前日に酒を飲む相手がレオナルドで良かった。これからも頼む」

握手を求めるように手を出した。

「おぅ。任せとけ。お前は外交にまで口を出しているからな。またいつでも遊びに来いよ」

パンっと手を叩きながらぎゅっと手を握る。

「まさかほぼ毎日レオナルドと飲むことになるとはな……」

「明日からはルビナちゃんとの生活が待っているんだから付き合えよ。わざわざ来たんだぞ」

ルビナとの生活か……。やっと明日は挙式だ。朝は早く屋敷に帰らないとメイド長や執事に怒られるだろうな。

「あと一時間付き合ってやるよ。明日は早いんだからな」

「りょーかい」

それから一時間が過ぎても、話は尽きなかった。

第十章

最終話

私たちの結婚式は王都郊外の植物園で行われました。結婚式は教会で挙げるものだからと、反対の声もありましたが、みなさんの協力のおかげとジェイ様の働きにより無事に植物園で式を挙げることができます。

教会の方も植物園で式をするにあたり協力をして下さった結果です。それには感謝しかありません。ジェイ様と教会へのご挨拶、寄付などもしてきました。これを世間でいうところの根回しと言いますね。

前日にお父様とお母様に笑っていなさい。と言われていたので、私はその言葉を胸に笑っていました。泣きそうになった場面もありますが堪えました！

ウェディングドレスはジェイ様こだわりの、シルクを使っていて植物園にしか（今のところ）咲いていない薔薇をモチーフにしたドレスで清楚な可愛いデザインでした。

肩や背中が開いているドレスで当初は驚きましたが、ベールを付けるとこうなる！　と計算し尽くされているのですね。お母様ったら前日まで内緒にしているんですもの。

最後にティアラをお母様に付けてもらいます。結婚式のティアラはお母様に付けてもらうのが風習です。このティアラは侯爵家の宝のひとつで、こんなに大きなダイヤモンドは見たことがありませんでした……。ここまで大きなダイヤモンドは採れない。といわれているようです。

お義姉様たちもこのティアラを付けて結婚式を挙げたそうで、その話を聞くと侯爵家の方に私の存在を許されたような気持ちになりました。

胸元を飾る首飾りはレースのようになっていてドレスと合わせると、胸元が開いているのが気にならない可愛いデザインのものでした。耳飾りも同じデザインで動くと揺れるタイプで侯爵家からのプレゼントでした。式が終わったらすぐにしまっておかなきゃ……。

ブーケは私のリクエストで例のバラをメインにして、白とグリーンの可愛らしい形をしたものが用意されていました。

鏡の前に立つと、自分ではないような、美しいお姫様がいました……。やはりジェイ様にドレスを選んでもらって良かったです。いろんな効果で三倍増しです……（多分）

お母様もメイドたちもみんな感嘆の声をあげていました。そこにお義姉様お義母様、シンシアさんも来て、すごく驚いていました。自分で言うのもなんですが、私の人生で一番きれいにしてもらいました。この一週間はずっと磨かれていましたからね。本来ならジェイ様も、一緒に来る予定だったようですが、お義母様が式までお預けと言ったらしく、出入りを禁止したようです。

ジェイ様かっこいいんだろうなぁ……。

そして時間になりお父様と腕を組みました。お父様は私の姿を見てどこのお姫様かと思ったよ！　と言って笑っていました。お父様が笑っているので私も笑います。約束ですからね。

そして式場……。といっても屋外ですが、ジェイ様の待つ祭壇までお父様とゆっくり歩きました。参列者の視線を一気に集めて恥ずかしくて伏目がちになってしまいます。そしてジェイ様が手を出してくれたのでそっと手を取りお父様と離れました。

やっぱりジェイ様は素敵です。スタイルがいいので白が似合います。おでこも全開でハンサムです！　こんな素敵な人と結婚できるなんて私は幸せだと思い、自然と笑顔になりました。ジェイ様も微笑んでくれたのでホッとしたところで式が始まりました。誓いの言葉をお互いにし、キスをしました。みなさんの見ている前でキスをするなんて恥ずかしいですが、とてもとても幸せでした。

祭壇の後ろには例のバラのアーチが！　祭壇と白いバラが相まって幻想的で美しいものとなりました。

式が終わりみなさんに拍手をされ、私たちは笑顔で応えました。今から場所を移してパーティーとなります。

私のブーケは挙式を控えているレイチェルさんに渡しました。ソフィアさんから始まったブーケのバトンのようですね。

ジェイ様は私の姿を見て美しすぎて驚いた。と言ってくれました。そしてぎゅっと抱きしめて〝幸せになろう〟と言ってくれました。

そこは〝幸せにするよ〟ではないのですか？　と聞くと〝二人で幸せになりたいから〟と答え

が返ってきました。

ジェイ様のそういうところが私は大好きです。

ガーデンパーティーは天候が良かったこともあり、華やかなのに自然に囲まれてとても心地がいいものでした。

挨拶に回っているとジェイ様から今日はある発表がある。と聞かされました。私は何も聞いていませんよ？

夕暮れが近づき、パーティーを終えるときにジェイ様はみなさんに感謝の気持ちと、例のバラの苗をみなさんの家に届けると言っていました。庭を大事にする貴族にとって新種のバラのプレゼントは嬉しいでしょう。みなさん拍手をして喜んでいました。

バラに名前はありませんでしたので〝例のバラ〟と呼んでいましたが、今回結婚式で正式にお披露目することになったので、名前も併せて発表されました。そしてバラの名前を聞いてビックリしました。

【ルヴィ・ホワイト】という名前なのだそうで、ルビナのような白いバラという意味です……。

発表とは自分の名がついたバラでした。すごく嬉しい驚きでジェイ様の深い愛情を感じました。

そして少し揶揄われるようにヒューヒューと声が挙がります。

レオ様は『ご馳走さん』と言って呆れていました。そして『そりゃ俺の結婚式に使わせてくれないはずだ』と笑っていました。今日のレオ様の装いは王族！　といった感じで場を華やかにしてくれました。

今回のガーデンパーティーはたくさんの人が集まってくださったけれど、それとは別に結婚披露会も王都で行う予定です。今回は親族や親しい友人たちをメインに。披露会では家同士付き合いのある方が集まってくださいました。


その後、みなさんを見送ってから私たちも新居となるデュランド伯爵家に到着しました。馬車を降りると（通称）お姫様抱っこをされ、エントランスへと行きます。執事長、メイド長をはじめ使用人一同ずらっと並んでいました。

花嫁はこうして新郎に抱かれながらエントランスを潜ると幸福になるというジンクスがあります。そしてようやく私は降ろされました。

「旦那様、奥様おかえりなさいませ」

執事長の一言で使用人一同一斉に頭を下げました。

「これからも妻ルビナと共によろしく頼む」

ジェイ様がまず挨拶をしました。

「至らない点も多々あると思いますが、みなさんよろしくお願いします」

私も続いて挨拶をしました。

みなさん拍手をしてくれました。暖かい拍手は歓迎されているようで嬉しかったです。

その後、メイドたちによって全身を洗い上げられ夫婦の寝室へ行くと、すでにジェイ様が待っていて……。おいで。と言われてドキドキして心臓が止まるかと思いました。

「結婚まで長かった……。愛しているよ」

と言われて口付けをされました。今までの口付けとは違う濃厚な、初めてで頭が沸騰しそうでした。だってジェイ様が色っぽくて……


その後は大変でした。

ジェイ様は……、その、ケダモノでしたのね……！

意識がなくなり寝てしまったようで陽が高くなり、目を覚ますと生まれたままの姿でジェイ様に抱かれていました……。

「おはよう、今日も愛しているよ」

朝から甘い言葉で私を甘やかしてきて……、その後も……。一週間部屋を出ることがありませんでした。ここから新婚生活が始まります。

今日は植物園に来ていた。バラ園は今日も人気で朝からたくさんの人が訪れている。私たちの結婚式のガーデンパーティーは好評で、植物園でパーティーをしたいと要望が寄せられている。風が吹けば花の香りがするし、自然を感じられるとてもいい結婚式だったと自分でも思うし、何よりもルビナが青空をバックに微笑みかけている顔が眩しすぎて、直視できないほどキレイだった！

結婚式に参列してくれたゲストには、いまやこの植物園のメインとなった新種のバラ【ルヴィ・ホワイト】をプレゼントしたところ大好評で、それを聞きつけたレオナルドが買い入れをし、国を超えて人気になっている！

【ルヴィ・ホワイト】は品種改良をしているため育てやすく、上品な香りがする。切花にしても花もちがいいのが特徴。ルビナがもしバラに生まれ変わったとしたら、まさしくこのバラになるのだろう。想像しただけで心が穏やかになる。

見てくれ。バラ園に訪れる人たちは皆、笑顔で鼻をくんくんとさせながら【ルヴィ・ホワイト】の香りに癒されている。って、なんだか複雑だな……そして一人の若い男が【ルヴィ・ホワイト】を手に取り直接匂いを嗅いだ。

……ルビナが穢されている気持ちになった！　これはまずいぞ！　すぐに植物園の支配人のもとへ行き、バラに手を触れないように注意書きをして柵を設けることになった。支配人に話を聞くと頭を抱えている問題があるという。

「植えたばかりの苗を誤って踏みつけてしまう入場者がいます。バラ園へ行くまでの道のりを楽しんでもらえるように、通路沿いに植えたものが全滅となった日もありました」

「なるほど。バラやユリのような華やかさはないけれど、スポットライトが当たらない花の特徴を学んでもらうのも悪くないな……」

そう思い植物の良さを知ってもらうために、新たに施設を建設することにした。

「ジェイ様、この建物はなんのために建てるのですか？」

工事業者との話し合いが終わり、建設日時が決まった。ルビナにも協力してもらいたいことがある。

「植物園で育てている花やハーブがあるだろう？」

不思議そうな顔をするルビナに説明をする。

「もっと植物について知ってもらいたいんだ。見た目が鮮やかな花もあれば、つい見落としてしまう花もある。それぞれいいところがあるからそれを知ってもらいたい。その季節によって楽しめる花があるだろう？　一年を通して楽しんでもらいたいから、ルビナに協力をしてもらいたいんだ」

「ジェイ様の力になれるのなら喜んで協力いたしますが、私は何をすればよろしいのですか？」

「ルビナには絵を描いてもらいたい」

結婚してからルビナは絵を習い始めた。刺繍が得意なルビナは、まずモチーフになるもののスケッチから始める。丁寧で繊細な刺繍はスケッチあってのことだった。絵を習ってみたらどうかと勧めると習ってみたいと返事があったので女性画家を探して声をかけた。スケッチが得意なルビナだったけれど色を塗るのに苦戦したようだ。それでも楽しそうに絵を描いている。ルビナの絵は植物や風景画が多い。人物は苦手だと敬遠しているようだ。

「私の絵ですか？」

「うん。練習と言いながら、たくさん描いて上達したよね？　ルビナらしい優しい画風で色合いがとてもきれいだ。ルビナは私と出会ったばかりのときに言っていたよね？　バラやユリは好きだけど特別感があるって」

「はい。言いましたね。今でも思っていますよ？　それと今回の絵を描くことと、何かつながるのですか？」

「植物園のメインはバラ園になっているよね？　噴水もあるし憩いの場として、親しまれているのは嬉しいけれど、スポットライトが当たっていないだけでおすすめの花がまだまだたくさんある。それを紹介したいと思っている。そこでルビナの絵が必要だ」

ルビナの絵は見る人の心を癒す。我が家のエントランスに飾っていたところ、レオが気に入り買いたいと言ってきた。ルビナは、たいしたものではありませんよ。などと謙遜していたけれど、パステルカラーの色使いは本当に上手だと思う。あの絵は私も気に入っていたのに、レオにはいつも世話になっているからと、プレゼントしていた。人が良すぎるだろう。と言ったら、気に入ってくれる方にもらってもらいたいのです。と言った。レオ様はあの絵を悪用する方ではありませんし、気に入っていただけるだけで嬉しいです。絵を売って儲けようとしていないのは知っていたし、ルビナの絵だからそれ以上は言わなかった。

「ルビナの描いた絵を見ながら季節を感じてもらいたい。チューリップの絵は春らしくて、香りや風まで感じられる。この絵を見て本物が見たくなると思うし、チューリップの絵だけを何枚も展示するのも悪くない。ルビナが好きなすみれの花はかわいいのにスポットライトが当たらない。そんな花をルビナに紹介してもらえれば興味をもってもらえるのではないかと思っている。すみれの花言葉は誠実・謙虚だろ？　すみれを好きなルビナでさえ知らなかった。かわいらしくて奥ゆかしい花だとわかれば見え方も変わってくると思う。どう？　やってみないか？」

「そうですね……お手伝いしたい気持ちもありますが、そんなに上手くいくのかと心配もあります」

なんて言っていたルビナだったが、植物園でスケッチしたストックがたくさんあったから、次々と絵を仕上げていった。そして新たに完成した建物に絵を飾り、花を知るための豆知識や花言葉を添える。ルビナの絵はタッチが優しいから女性に特に人気で買いたいとの声をたくさん聞いた。

ルビナは相変わらず恥ずかしがり屋なところがあるから、絵のサインはルヴィと書いていた。バラの名前【ルヴィ・ホワイト】から取った。

あまりにも反響が大きかったからルビナを説得して絵を売ることにした。ルヴィの画家としての評判はとてもいい。絵が売れることで自信を持ってほしい。私が代理として販売しているので周囲からはパトロンだと思われているようだ。ルビナが楽しそうに絵を描く姿を私しか知らないと思ったら気分がいい。

「あれ？　ルビナ、何を描いているんだ？」

「まだ内緒です。出来てからのお楽しみです」

サッと絵を隠されたのは引っかかるけれど、出来上がりが楽しみだ。それから数日後。

「ジェイ様！　お誕生日おめでとうございます」

「ありがとう。ルビナ」

「ジェイ様にお見せしたいものがあります」

ルビナに手を引かれて廊下を歩き、彼女のアトリエに入る。

「ジェイ様、プレゼントです」

「ん？　絵のプレゼント？」

「はい。先日内緒にしていた絵はジェイ様へのプレゼントでした」

そっとかけてあった布を取る。

「私の絵を描いてくれたのか」

「はい。初めて人物を描くのならジェイ様と決めていたのです」

「ありがとう嬉しいよ。でも私はこんなにかっこよくないよ」

ルビナにはこんな風に見えているのか？　新聞を読んでいる私の姿だった。

「ジェイ様はすごく、すごく、素敵です。結婚してからジェイ様をもっと好きになりました。ジェイ様の素敵なところをもっと表現したかったのですが、ジェイ様を大好きだという気持ちを詰め込みました」

そんなことを言われて嬉しくない男は世界中を探してもいないと思う！　結婚して奥様と呼ばれるようになったのに、こんなにかわいく愛おしいなんて！

「ありがとう。今までもらったプレゼントの中で一番うれしいよ」

今、世界中で一番の幸せ者はまぎれもなく私だろう。ルビナを抱きしめながら幸せを噛みしめた。

あとがき

【忠誠心がないと言われたので、婚約を解消してあげました。】2巻を手に取っていただき、さらにあとがきまで読んでいただき、ありがとうございます。WEB小説～書籍で知ってくださった方もいるかと思います。改めまして、さこのと申します。

ここで自己紹介をすこし……。

私は本好きの家族のもと過ごしてきました。実家には小説、雑誌、マンガが家族の分だけあり、たくさんの本に恵まれてきました。

小説を書くきっかけになったのは、本好きの姉が貸してくれたマンガでした。続きが気になる！と言ったら、無料で読めるサイトがあるからと紹介されてWEB小説を読み始めました。そこからWEB小説にどっぷりはまっていきました。そのときは、まさか自分が小説を書く立場になるとは、夢にも思っていませんでした。

そして投稿から数年が経ち、書籍化のお話をいただいたのです。

お声をかけていただいた出版社様の名前を聞いて二度、いえ、三度見したことを今でも覚えています。ブシロードノベル？　え、まじで？　フリーズしました。笑

なぜなら家族の影響で新日本プロレスをよく見ていて、ブシロード様の名前をよく目にしてい

たからです。家族に話をすると、私よりも驚いていました。

ヒーローの名前をどうしようかと考えていたときにちょうど、新日本プロレスの試合を見ていて、ある選手から名前を頂戴しました。そういうこともあり書籍化の話をいただいたとき、勝手にブシロード様とはご縁があったのだわ。などと自分に都合よく考えてしまいました！

本を出版するにあたり、たくさんの作業がありました。1巻では未熟さを痛感し、文章の癖があることに気づかされ、誤字脱字、表記のゆれなど、知らないことが多すぎて恥ずかしく思いながらも、たくさんのことを学ばせていただきました。素人の私を導いていただき、本当に感謝の言葉しか出てきません。

そして、なんとなく頭の中で想像していたキャラクターたちがウラシマ先生のイラストで姿形が与えられ動き出しました。カラーイラストを見たときはおぉ……キレイ。と声を上げました。これらは私の人生において、特別で大変貴重な経験となりました。

このような素敵な本に仕上げてくださった担当編集の飯島様、シュガーフォックスの丹羽様、関係者の方々に心よりお礼申し上げます。

そして、なによりも数ある本の中から著書を手に取り読んでくださった読者の方に心よりお礼を申します。最後に改めまして。皆さま、本当にありがとうございました！

［ブシロードノベル］

忠誠心がないと言われたので
婚約を解消してあげました。　2

2025年1月8日　初版発行

著　者　さこの
イラスト　ウラシマ
発行者　新福恭平
発行所　株式会社ブシロードワークス
〒164-0011　東京都中野区中央1-38-1 住友中野坂上ビル6階
https://bushiroad-works.com/contact/
（ブシロードワークスお問い合わせ）
発売元　株式会社KADOKAWA
〒102-8177　東京都千代田区富士見2-13-3
TEL：0570-002-008（ナビダイヤル）
印　刷　TOPPANクロレ株式会社
装　幀　AFTERGLOW
初　出　本書は「小説家になろう」に掲載された
『忠誠心がないと言われたので婚約を解消してあげました。』
を元に、改稿・改題したものです。
担当編集　飯島周良
編集協力　丹羽凪（シュガーフォックス）

Printed in Japan
ISBN 978-4-04-899753-9 C0093